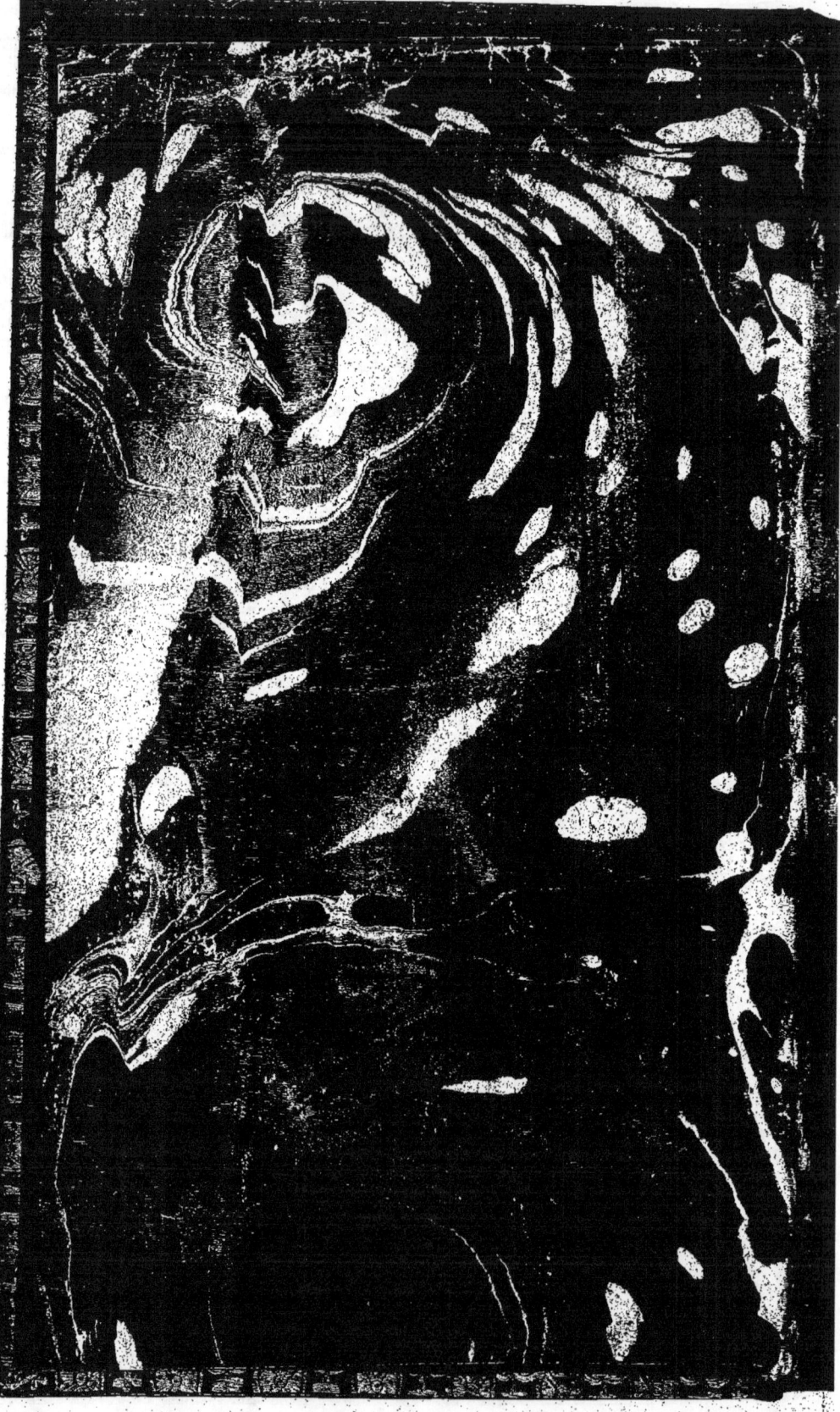

19505.

B. L.

ENTRETIENS

GALANS.

Tome I.

A PARIS,

Chez Jean Ribou, au Palais, dans
la Salle Royale, à l'Image
S. Loüis.

M. DC. LXXXI.

ENTRETIENS
GALANS.

LA SOLITUDE.

L E séjour de Paris a
des charmes pour
tout le móde, mais
ces charmes sont bien plus
doux à ceux qui se sont fait
un goût particulier pour les
conversations spirituelles &
delicates. Ils trouvent là ce

Tome I.　　　　A

qu'ils ne fçauroient trouver
ailleurs, & pour peu qu'ils
s'en éloignent, ils s'ap-
perçoivent bien-toſt d'une
perte que rien ne peut re-
parer.

Celinde, dont la delica-
teſſe & le brillant font aſſez
de bruit dans le monde, a-
voit déja fait une faſcheuſe
experience, que la vie la plus
tranquille, devient ennuyeu-
ſe ſans le ſecours d'une a-
greable ſocieté. Elle avoit
paſſé le dernier Printemps
avec quelque dégoût dans
une des plus belles maiſons
du Royaume, & le plaiſir
d'eſtre magnifiquement chez

foy, ne l'avoit pas confo-
lée de l'abfence de quelques
amies, dont elle avoit perdu l'entretien.

Son Château eft dans uné
heureufe fcituation, il eft
fur le bord de la Sarthe dans
un de ces endroits, où cette riviere ferpente fi agreablement, & où elle fem-
ble par divers replis tor-
tueux s'égarer à deffein d'y
prolonger fon cours. Elle
forme un Ifthme dans ce
lieu, elle l'entoure avec autant d'utilité que d'agrê-
ment, & par ce fecours une
demie lieuë de muraille fuf-
fit pour enfermer un Parc

qui a bien de tour trois ou
quatre lieuës. La Sarthe cou
le si doucement dans ce beau
lieu, qu'on prend d'abord
pour un effort de l'art, ce
qui n'est qu'un effet de la
nature. Ce Canal est bordé
de deux costez d'une prai-
rie. La presqu'Isle est rem-
plie de grands bois cou-
pez par de petits bocages,
par des taillis & des pelou-
ses qui font ensemble un
aspect qui ne paroîtroit pas
naturel, si la disposition du
lieu n'y rendoit tout pos-
sible.

C'est là que le Printemps
parut un peu long à Celin-

de : Elle crut y paſſer l'Au-
tomne avec plus de plaiſir,
ſi elle pouvoit y attirer une
compagnie choiſie. Elle en
fit le deſſein, & elle pre-
voyoit bien qu'il ne luy ſeroit pas difficile de le faire
reuſſir. Elle eſt veuve, elle
a de grands biens, elle eſt
belle, elle a beaucoup d'eſprit ; avec ſes avantages, il
luy eſtoit aiſé de lier une
partie à ſon gré, pour retourner bien accompagnée
en ſa Province. Elle revint
à Paris dans cette penſée,
elle s'en ouvrit d'abord à
ſes meilleures amies, & elle les trouva aſſez diſpoſées

à la fuivre. L'aimable Berelie fut la premiere qui fe-
conda ce deffein, & la feule qui l'executa.

Berelie eft une fille habile, fpirituelle, & divertif-
fante. Elle fçait beaucoup
fans en faire parade ny my-
ftere. Elle aime la gloire,
cependant elle n'a ny vani-
té ny ambition. Elle ne s'en-
tefte de rien, & cette honnefte liberté qui regne dans
fes actions autant que dans
fes paroles, luy fait fuir tout
ce qui s'appelle engage-
ment.

Philemon fut auffi de
cette belle partie, on fe fit

un plaisir de l'y engager. Il
paye par tout de son esprit,
un usage du grand monde
joint à un naturel heureux,
luy donne une liberté dont
tout le monde s'accommo-
de. Il est extremement en-
joüé & réjoüissant, mais il
prend quand il le faut, un
serieux aussi noble que son
enjoûment est discret. Ils
partirent donc ensemble
pour aller à cette agreable
campagne, lors que la Cour
partit pour le dernier voya-
ge qu'elle a fait. Celinde qui
ne manque à rien, avoit en-
voyé des relais qui secon-
derent merveilleusement

bien l'envie qu'ils avoient
de se rendre incessamment
dans ce beau sejour. Il est à
trois petites journées de Paris, & la diligence qu'on fit
les rendit sur le lieu lors
qu'ils croyoient encore n'en
estre qu'à moitié chemin.

On estoit déja aux por-
tes d'une petite Ville, & à
l'entrée des avenuës d'un
Château, lors que Berelie
s'écria surprise de la beauté du lieu. Son étonnement
devint d'autant plus agreable, que Celinde luy dit en
souriant ; vous allez voir,
ma chere Berelie, une mai-
son d'où vous pourrez en-

voyer vos ordres en cette
Ville, & je vous répond
qu'ils y feront suivis d'une
execution fidelle. Quoy,
Celinde, dit Berelie, c'est
icy voftre campagne, &
vous ne nous avez pas pre-
venus fur tout ce que j'y
voy déja de merveilleux &
d'enchanté. Comme je n'y
ay jamais trouvé ny l'un
ny l'autre, répondit Celinde, je n'avois garde de vous
y preparer. Vous vous mettez donc fur le pied d'en
faire les honneurs dans les
formes, reprit Berelie ; je
ne m'avife point avec vous,
interrompit Celinde, de

faire les honneurs d'un lieu
où vous aurez toûjours autant de pouvoir que moy.
Comme nous nous sommes
fait le plan d'une conduite
fort opposée à la contrainte des complimens, repli-
qua Berelie, vous me dif-
penferez bien de répondre à
toutes vos honnestetez ; &
pour parler dans les termes
d'une prude de noftre con-
noiffance, mes yeux m'oc-
cupent fi agreablement, que
je fçaurois mauvais gré à
mes oreilles de me propo-
fer un plaifir nouveau.

Permettez, ajoûta-t'elle,
ferieufement que j'admire

ce beau canal que fait la riviere, il semble que l'art se
soit mêlé de separer cette
petite Ville d'un païsage
aussi charmant. Pour moy,
dit Philemon, aprés avoir
un peu voyagé, je croyois
avoir vû ce que l'Europe
a de plus beau, mais j'avouë que je n'ay pas encore trouvé une perspective
de cette beauté, & je suis
d'avis, ajoûta-t'il, que nous
sortions de carrosse pour en
mieux juger. C'est aussi ma
pensée, dit Berelie, & je
me répens mesme de ne
m'en estre pas cruë avant que
d'avoir passé l'eau. Vous

vous plaiſez à des prome-
nades un peu longues, re-
prit Celinde, où vous au-
rez encore tout le temps de
vous laſſer. Nous ſommes
déja ſi avancez dans cette
belle avenuë, répondit Berelie, que ſelon toutes les
apparences il nous reſte peu
de chemin à faire. Je ne
dois pas cependant vous cacher, dit Celinde, que cette avenuë n'a guere moins
d'une demie lieuë.

Je voy le Château ſi prés
de nous, dit Berelie, que je
ne ſçaurois la croire ſi longue, mais je la trouve ſi a-
greable que je ſouhaiterois

qu'elle ne finit point, fi je
ne m'attendois de trouver
encore au bout quelque
chofe de plus charmant. Et
fans aller plus loin, ajoûta t'elle, je découvre déja
des colomnes d'eau , qui
dans l'oppofition du Soleil
font le plus bel effet du
monde. De grace , reprit
Philemon, ne parlons pas
d'eaux ny de fontaines, vous
n'avez pas oublié fans doute qu'il n'y a pas huit jours
que nous avons vû celles
de Verfailles , & Celinde
conviendra bien avec moy
qu'aprés les eaux de cette
fuperbe maifon, on ne peut

rien trouver ailleurs qui
puiſſe contenter.

Vous le portez trop loin,
Philemon, repartit Berelie,
voſtre feu vous emporte,
& ſur le ton que vous le
prenez, il ne vous ſera plus
permis de parler de promenade, de maiſon, de Heros,
de Roy ny d'homme. Je
vous entend, reprit bruſ-
quement Philemon, & je
vous avoüe qu'avec mon
peu de fortune je vivrois
peut-eſtre un peu plus content, ſi je n'avois jamais
vû ny le Roy, ny Verſail-
les. Je vous entend moy-
meſme à mon tour, reprit

Berelie, avec un fouris fpirituel, vous voudriez nous
faire parler, vous n'aurez
pas le plaifir de fçavoir ce
que nous en penfons. Mais
fans allufion ny parallele,
dites avec moy que cette
fcituation a quelque chofe
d'extraordinaire.

Voyez encore ces allées
& ces routes qui fe jettent
de tous coftez dans ces
grands bois, on y voit toute l'exactitude de l'art, &
l'on a peine à croire que la
Nature feule puiffe avoir
tant de regularité. Aprés ce
que je vois, ajoûta-t'elle, je
feray fort trompée, ou nous

allons voir un dedans digne
de ce beau dehors. Je n'en
fay pas les honneurs, dit
Celinde, je vous l'ay déja
dit, je ne vous meine pas
dans un Palais, & je ne
vous promets tout au plus
qu'une ſolitude agreable. Eh
vous m'effrayez, repartit
Berelie, j'aimerois preſ-
qu'autant qu'on m'offrit une
belle priſon qu'une agreable ſolitude.

A ce conte, repliqua Ce-
linde, je prevois que nous
reverrons Paris un peu plu-
toſt que je n'euſſe crû. Laiſ-
ſez-moy croire que nous y
ſomme toujours, répondit
Bere

Berelie, & demeurons icy
autant qu'il vous plaira. Je
m'eſtois bien figuré, repartit Philemon, qu'on pou-
voit ſe perſuader quelque
choſe contre la verité, &
meſme contre la raiſon, mais
je ne ſçavois pas qu'on le
puſt contre toute ſorte de
vray-ſemblance. Vous ne
détruirez pas m'a preven-
tion par là, reprit Berelie,
ce lieu me paroiſt ſi charmant, & je me vois en ſi
bonne compagnie, que cela
ſuffiroit pour me perſuader
que je ſuis encore à Paris.
La compagnie vous eſt fort
obligée, répliqua gayment
Tome I.   B

Philemon, & les interets de
ce lieu me font déja fi chers,
que je veux bien encore
vous remercier des bons
fentimens que vous en a-
vez.

Je fuis-peut-eftre auffi prevenu que vous des charmes
de Paris, continua-t'il, j'ay
peut-eftre mefme des rai-
fons de l'eftimer que vous
n'avez pas, & je ne croy
pas enfin qu'il puiffe eftre
auffi agreable pour vous que
pour moy. Cependant je
vous avoüe que je n'y
fçaurois voir des chofes que
je trouve icy; nous fom-
mes dans la belle faifon, ce

n'eft pas dans une chambre
qu'on en goute la douceur;
il faut fe promener dans
des bois & dans des allées
pour la bien fentir, & a-
voüons vous & moy, que
Paris n'a point d'auffi belles
promenades. Si je n'avois
efté avec vous aux Thuilleries depuis peu, repartit Berelie, je croirois à vous entendre, que vous ne vous y
eftes jamais promené. Je
fçay, reprit Philemon, que
ce jardin eft d'une beauté
furprenante. Il eft digne de la
bonté & de la magnificence
d'un Monarque qui negli-
ge fon repos pour le bien

B ij

de ses sujets, & qui ne cul-
tive les plaisirs que pour
son peuple. A voir les Tuil-
leries, on ne douteroit pas
que ce ne fût la promena-
de ordinaire du plus grand
Roy du monde, on sçait
bien cependant qu'il n'y va
jamais, mais son peuple s'en
accommode, & c'est assez
pour luy. Le parc de Versail-
les n'est pas mieux entrete-
nu, & c'est à mon sens un
sujet d'éloge assez nouveau
& assez juste.

Pour moy, interrompit
Berelie, sur ce point je suis
assez de vostre avis. Je ne
suis pas surprise qu'un He-

ros paroisse grand dans
les grandes occasions , &
je le trouve cent fois plus
grand lors qu'il le pa-
roist dans les petites. Mais
vous ne prenez pas garde,
continua-t'elle , que cette
grandeur du Roy dans les
soins qu'il a de son peuple,
est une preuve pour moy
contre vous , & je ne sçay
aprés cela si vous pourrez
encore soutenir, que Paris
doive ceder en rien à pas
un lieu du monde. Celin-
de ne me sçaura pas mau-
vais gré de cette preference, elle n'oste rien au merite de ce beau sejour.

B iij

Il me seroit si avantageux qu'il vous plust infiniment plus qu'un autre, repliqua Celinde, que vous trouverez bon que je sois contre vous du party de Philemon. Nostre amitié ne nous permet pas de nous déguiser quelque chose, répondit Berelie, & vous ne devez pas attendre de moy une fausse complaisance, comme je n'attens point de vous les façons qu'on fait chez soy aux étrangers. Vostre campagne est admirablement belle, ma chere Celinde, & c'est parce qu'elle me le paroist que je ne

sçaurois souffrir que vous
luy donniez le nom de so-
litude. Ce mot traîne toujours aprés luy une idée af-
freuse, & les gens raisonnables sont si peu faits pour
estre seuls, qu'un sejour qui
les éloigne de la societé,
leur doit paroistre insup-
portable.

Si l'authorité pouvoit
quelque chose contre vous,
repartit Philemon, nous
trouverions bien tost dans
l'histoire de quoy comba-
tre vos sentimens. J'ay la
déference que je dois avoir
pour l'Histoire, & pour les
personnes illustres, dont

elle parle , reprit Berelie , mais je n'ay que faire de fçavoir par les autres ce que je puis apprendre par moy-mefme. Je trouve tant d'hommes illuftres à qui je puis parler, que je ne con-fulte pas les morts ; fans écouter mes raifons ils me répondroient toujours la mefme chofe.

Pour m'expliquer avec vous, je ne blâme point la folitude qui dépend du choix & de la liberté , & qui ne confifte que dans une feparation libre & vo-lontaire de ceux qui pou-roient s'opofer à des refle-xions

xions neceſſaires & ſolides.
Cette Solitude eſt loüable,
tous les gens de bon ſens
doivent la chercher , & je
la cherche quelquefois moy-
même. Mais elle ceſſe d'e-
ſtre loüable , dés qu'elle
ceſſe d'eſtre volontaire. Il
ne ſuffit pas, à mon ſens,
qu'on s'y engage avec une
pleine liberté, il faut qu'on
la continuë de même , ou
qu'on ſoit en état de la
quitter du moment qu'elle
fatigue. Je ne ſçay ſi on a
cette liberté dans ces Soli-
tudes éloignées du monde,
dont vous pretendez parler.
Il faut y être long-tems

C

seul, dés qu'on l'eſt une fois,
on n'a pas la liberté de faire ſucceder un commerce
agreable à une retraite dont
on ſe trouve aſſez emba-
raſſé.

Ce n'eſt donc que dans
les grandes Villes , & pour
parler plus juſte , ce n'eſt
qu'à Paris qu'il eſt libre de
ſe retirer quand on veut,
& de ſe produire de même.
On quitte le monde dés
qu'on le trouve embaraſ-
ſant , & on y r'entre dés
qu'on le croit commode ou
agreable. On y choiſit à ſon
gré les heures & les mo-
mens; les lieux & les per-

fonnes; les entretiens & les
occupations. On s'y mon-
tre & on s'y cache, fans que
perfonne y trouve à redire;
& je vous foutiens même,
qu'on eft mille fois plus retiré au milieu de Paris,
pour peu qu'on le veüille,
qu'on ne le feroit ailleurs
dans la Solitude la plus affreufe. Une certaine bienféance vous oblige, mal-
gré vous, de vous montrer
à la campagne à tous ceux
qui vous y cherchent. Mais
il n'eft point de bienféance
qui vous oblige de rece-
voir à Paris toutes les vifi-
tes qu'on vous rend. Vos

C ij

meilleurs amis ne font pas
fcandalifez d'être renvoyez
à vôtre porte , lors mê-
me qu'on vous fçait chez
vous. Vous y eftes retiré
& folitaire autant que vous
le jugez à propos , & perfonne n'en murmure. Vous
révoyez les gens dont vous
vous étes éloigné , & perfonne ne vous reproche vôtre retraite.   En un mot,
quand je prefere Paris à tous
les lieux du monde , c'eft
plûtôt par la maniere dont
on y vit, que par un jufte
attachement pour ma Pa-
trie.

    Il me femble que c'eft le

seul lieu du monde où les honnêtes libertez sont les mieux receuës , & où la veritable raison a établi l'empire qu'elle doit avoir sur la conduite des hommes. Vous ne m'apprenez rien de nouveau , reprit Philemon , je sçais autant qu'un autre que les honnestes libertez y sont permises , je m'accommode beaucoup de cette maxime , & je m'en sers quelque fois ; mais vous ne me faites pas entendre, que dans la saison où nous sommes Paris puisse fournir des retraites aussi belles que cette Solitude.

J'avois crû en dire assez, repliqua Berelie, pour vous persuader que dans toutes les saisons Paris est charmant, & qu'il ne doit ceder en rien à la beauté de la campagne. Du moins m'avoûrez-vous, interrompit Philemon, que les Amans s'accommodent extrémement de la Solitude; & vous avez admiré vousmême une Epître en Vers qui commençoit par ceuxcy.

Le monde me fatigue, & loin de vous Climene
Le plaisir le plus grand n'est pour moy qu'une
        peine;
Je hais jusqu'aux amis qui s'empressent pour
        nous,
Et je cherche toûjours la Solitude & vous.

J'ay admiré cette Epître,
je l'avouë répondit Berelie,
les penfées en étoient fort
nouvelles, & on y remar-
quoit ce brillant & ce feu
qu'une belle paffion infpi-
re à la Poëfie. Mais j'ay toûjours crû que cet Amant
qui eft d'un goût fi delicat,
ne parloit que de cette forte
de folitude, pour laquelle
je me fuis declarée, & qu'on
peut choifir au milieu de
Paris & du plus grand monde.

Car encore une fois, cette
folitude écartée du com-
merce des gens n'eft bonne
à rien. Une paffion feroit

C iiij

bien foible, si elle en avoit
besoin pour se soûtenir. Un
cœur touché de quelque de-
licatesse ne s'accommode-
roit pas, à mon avis, d'une
passion qui n'éclateroit que
dans les forests , ou dans
les prairies. Je ne sçay si
l'on pourroit faire cas de la
tendresse d'un Amant, qui
ne voit d'autre objet que
celuy qu'il aime. Pour moy
j'attribuërois cette constance à l'impossibilité de changer. L'amour ne paroît bien
que par la preference qu'on
donne à une personne , &
par le sacrifice qu'on luy
fait de cent autres, à qui on

pourroit bien s'attacher. Le merite d'un choix fuppofe la liberté de le faire ; & je ne vois rien de fi doux, pour qui fe plaift à eftre aimé, que de l'eftre à Paris où les occafions de fe degager & de s'attacher ailleurs font fi frequentes. Aimer dans une folitude, c'eft aimer par habitude, ou par neceffité ; aimer à Paris, c'eft aimer par choix & par raifon.

Trouvez-vous cette delicateffe fi bien fondée, interrompit Celinde. Si la vôtre eft comme vous la dépeignez, il n'y a pas moins de difference dans la deli-

catesse, que dans les goût·
La mienne feroit assez d·
cas de ce que la vôtre mé·
prise. Un Amant qui aprè·
avoir inutilement combat·
sa passion , m'aimeroit pa·
habitude , par necessité &·
malgré luy , me paroîtroi·
un peu plus aimable que·
celuy qui ne m'aimeroit·
que par choix & par rai-
son. Mon sentiment auroit·
plus de partisans que le·
vôtre , & les femmes qui·
se piquent d'inspirer de·
fortes passions , ne con-
damneroient pas ma pen-
sée. Elles ne blâmeroient·
pas la mienne , reprit Be-

relie. Vous l'aprouveriez
vous meſme, ſi vous vou-
liez bien remarquer que le
choix dont je parle ſupo-
ſe toûjours cette neceſſité,
dont vous parlez. Ce ſont
des effets qui partent d'un
même principe & d'une
même cauſe. Ils n'ont rien
de different que le nom ;
car ſi on eſt forcé d'aimer
ce qui plaît, on ne choi-
ſit auſſi que ce qui a droit
de nous plaire.

Le cœur entre toûjours
dans quelque commerce
avec les ſens ; mais il ſe de-
robe à nôtre connoiſſance,
& il échape à nos reflexions.

Nous ne pouvons bien en juger que par comparaiſon à quelque choſe de plus ſenſible. Comme nous ſommes toûjours nous mêmes, de quelque maniere que nous agiſſions , quelque difference qu'il y ait dans nôtre conduite , nous nous reſſemblons toûjours. Il n'y a que le plus & le moins, & nous ſommes même aſſez ſouvent plus ſemblables à nous meſmes , lors que nous ſommes plus inégaux. Nous n'avons donc qu'à examiner l'uſage de nos ſens pour connoître bien-tôt celuy de nos cœurs.

Ce qui plaiſt à nos yeux attache tous nos regards, &
quand nous nous plaiſons à
voir quelque choſe, nous
le regardons d'une manie-
re à ne pas diſtinguer ce
qui l'environne , quoy
que nous le voyions. On
ſe trouve toûjours limité.
Quelque étenduë qu'on
veüille donner à ſon eſprit,
on eſt renfermé dans un
objet , & c'eſt n'en voir
aucun que d'en regarder
pluſieurs à la fois.

Allez dans l'aſſemblée la
plus belle, regardez y tout
le monde en même tems,
vous n'y diſtinguez perſon-

ne, & vous n'en rapportez
qu'une confusion qui ne
sçauroit s'appeller une connoissance. Mais jettez les
yeux sur quelque particu-
lier, s'il est à vôtre gré, il
occupe tous vos regards,
vous ne voyez plus tout ce
qui l'environne que comme
un ornement, de ce qui
vous attache. Il est de même de nôtre cœur; il ne
peut estre bien attaché qu'à
un objet, lors même qu'il
en aime d'autres : & tous
ceux qui se presentent à luy
ne servent qu'à augmenter
l'éclat de la preference qu'il
donne à celuy qu'il aime

veritablement. C'eſt cette preference qui eſt la preu-ve d'un attachement ſince-re, mais c'eſt un avantage qui n'eſt pas fait pour la ſo-litude.

Il me ſemble au contraire, dit Philemon, que la ſoli-tude peut bien repondre de cet atachement, puiſqu'on s'éloigne de tout pour n'ê-tre qu'avec ce qu'on aime. Le merite de cét éloigne-ment ne regarde que le cœur, repondit Berelie. Il im-porte peu pour bien aimer, que l'on ſoit en bonne com-pagnie, ou qu'on ſe trouve ſeul, pourveu qu'on ſoit

uniquement attaché à l'objet qui nous fait sentir le
pouvoir de ses charmes. Cela devroit suffire pour vous
faire avoüer qu'une retraite
loüable regarde plûtôt les
personnes que les lieux.
Mais pour vous satisfaire je
veux vous demander, pour-
quoy vous prenez si fort le
party de la solitude; quoy-
que vous en puissiez dire,
continua-t'elle, vous l'aimez bien peu Philemon, si
vous ne vous estes apperceu
qu'on peut estre seul quand
on veut dans les endroits
même de Paris les plus fre-
quentez. On peut aller à
l'Opera

l'Opera & à la Comedie
pour n'estre qu'avec soy-
même; on peut estre seul à
Vincennes, au Bois de Boulogne & aux Thuilleries,
lors même que tout le
monde s'y promene. La fa-
cilité de s'écarter du monde
vient en quelque façon de
cette quantité de gens, qui
semble s'y opposer ; & plus
vous y trouvez de person-
nes, moins vous estes ex-
posé à la rencontre des fâ-
cheux, dont vous voulez éviter les approches.

Mais pour l'ordinaire,
repliqua Philemon, on va
se promener pour se pro-

Tome I.   D

mener; & le plus fouvent
on va prendre l'air à la promenade, & on n'y cherche
& on n'y fuit perfonne. La
promenade eft un plaifir
qui peut affez contenter de
luy-même dans cette fai
fon, on fe donne ce plaifir
à la campagne quand on
veut & comme on veut;
on à la liberté du choix,
& cette liberté vaut bien
celle d'entrer dans le monde & d'en fortir, felon
qu'on le juge à propos.
Vous m'avoûrez bien con-
tinua-t il, qu'à Paris on ne
fçauroit aller à la promenade dés que l'envie en prend;

il faut en attendre l'occasion; il faut même la chercher, ou pour le moins la prendre quand elle s'offre. Il faut sortir de chez soy, il faut aller loin quelquefois avant que d'y estre, il faut un Carosse pour vous y mener, & des gens pour vous y suivre ; c'est une maniere d'affaire , & c'est un embarras qu'on ne connoist pas à la campagne.

Ce que vous dites là a quelque chose de vray, reprit Berelie, il est plus facile de se donner ce plaisir à la campagne qu'à Paris; mais cette facilité en dimi-

D ij

nuë le plaisir. Il devient fa-
de parce qu'il ne coûte rien;
il est plus cher & plus doux
quand on l'achete; & un peu
de soin qu'il faut se donner
pour avoir ce que l'on veut
en rend toûjours la posses-
sion plus agreable. Ie ne
conviens donc pas que cette
facilité soit un grand bien;
& je conviens encore moins
qu'elle égale la liberté de
faire un choix d'une societé
choisie. Ce choix coûte toûjours des peines, & c'est par
là que ses charmes sont
plus grands: mais ce choix
est impossible à la campagne; ces soins y sont inu-

tiles, & je ne sçay si on
peut faire cas d'une maniere
d'avantage qui ne coûte
rien, & dont il faut qu'on
joüisse malgré qu'on en ait,
& sans que l'on puisse s'en
défendre. Vous pouvez sortir de chez vous à Paris sans
avoir nul entretien, mais
vous ne sçauriez sortir de
chez vous à la campagne
sans estre à la promenade,
& sans y estre toûjours seul;
& cette double necessité
suppose toûjours le degoût
dont elle doit estre suivie.
Les hommes sont nez li-
bres; tout ce qui les contraint les choque, & tout

ce qui les choque les de.
goûte.

Si les hommes sont nez
libres , dit Philemon, il
sont nez raisonnables , &
la raison s'accommode assez
de l'éloignement de tout
ce qui peut la distraire.
Ces propositions generales
sont veritables pour l'ordinaire, dit Berelie, il faut
venir dans le particulier,
pour juger de leur application. Les hommes sont nez
raisonnables , je le sçay bien
mais je doute que la vie ci-
vile soit un obstable à la
raison.

C'est un penchant natu-

rel aux hommes de chercher
la focieté plûtôt que de la
fuir. Ils ont toûjours bâti
des Villes, lorſqu'ils ſe ſont
trouvez dans un aſſez grand
nombre ; des Villages & des
Bourgs quand le nombre en
a eſté moins grand, & des
Maiſons & des Cabanes
pour y renfermer du moins
toute une famille. Il n'ap-
partient qu'aux bêtes de ſe
faire des gîtes éloignez les
uns des autres. Les hom-
mes ſont faits pour vivre
enſemble, & leur ſeule bi-
zarrerie peut leur faire prendre un autre parti.

Pour un bel eſprit, repar-

tit Philemon, vous donnez
un terrible dementy à tous
ceux qui font profeſſion de
l'être. Bel eſprit vous même, interrompit bruſque-
ment Berelie, je n'accepte
point le don que vous me
faites de vos propres qualitez. Mais où trouvez vous,
pourſuivit-elle, que les
beaux eſprits ny les Auteurs
même, ayent tant de ſoin
de fuir le commerce des
gens. Je trouve au contraire, que ces Meſſieurs là ſont
dans le monde, & qu'ils
cherchent toûours d'y en-
trer encore pluſque les autres. Demandez je vous
prie

prie, à ceux qui écrivent le mieux, fi c'eſt dans une Solitude qu'ils ont apris à s'expliquer. Demandez leur même s'ils penſent jamais fi bien, que lors qu'ils ſont avec des gens dont ils connoiſſent le bon goût & la politeſſe. Ils vous diront, s'ils parlent de bonne foy, que le monde leur eſt d'un grand uſage ; Qu'ils y étudient la verité, le bon ſens, & la nature. Qu'ils y trouvent ſouvent ce qu'ils ne ſçauroient trouver en eux-mêmes. Ils y vont chercher de l'eſprit lors qu'il leur en manque, & c'eſt une école

Tome I. E

dont ils ne fortent jamais
fans en retirer quelque a-
vantage.

Ils font dans les focietez
choifies, ce que font les abeil-
les dans les parterres, où elles vont fuccer les fleurs pour
en tirer dequoy côpofer leur
miel, par un affemblage qu'-
elles feules fçavent faire. Les
beaux efprits font à peu prés
de mefme, ils obfervent les
difcours & les idées de cent
perfonnes differentes ; & ce
qu'ils en rapportent les occupe agreablement, & en-
richit leurs ouvrages.

Mais d'où tirez vous, a-
joûta-t'elle, que les beaux

esprits se plaisent à estre
seuls, croyez-moy, ils aiment trop à parler pour estre
contens de n'entretenir personne. La solitude n'est pas
leur fait, à qui voulez-vous
qu'ils disent l'aprésmidi tout
ce qu'ils ont pensé le ma-
tin ; à qui montreront ils
leurs ouvrages, & qui leur
donnera enfin cet encens
qu'ils cherchent par tout, &
dont ils sont toûjours affa-
mez? Avoüez, Philemon,
que la Solitude est incom-
mode à tout le monde. Que
les gens raisonnables ne sont
pas faits pour elle. Qu'on y
est toûjours avec dégoût, à

E ij

moins que d'y estre aussi
bien accompagné que nous
le sommes; & qu'enfin on
n'y sçauroit goûter de vrays
plaisirs, à moins que d'a-
voir le secret d'entraîner
avec soy Paris à la campagne.

C'est trop long temps
vous cacher mon sentiment,
reprit Celinde, je suis si
persuadée de ce que vous
venez de me dire, & je le
sçay si bien par moy même,
que je renoncerois volon-
tiers au plaisir d'avoir une
assez belle solitude, si j'é-
tois obligée d'y vivre long-
temps solitaire. Mais pour

donner auſſi quelque choſe
à Philemon, vôtre compa-
gnie me rend déja ce ſejour
ſi agreable que je renoncerois volontiers à celuy de
Paris ſur ce pied là. Je puis
vous dire à mon tour, ré-
pondit Berelie, que vôtre
campagne me paroiſt char-
mante; & quand j'y ſuis a-
vec vous, j'y trouve ce qui
me plairoit le plus à Paris.

Je ne me ſuis attachée à
mon ſentiment que pour
me venger de l'alluſion que
Philemon a voulu faire. Il
trouvera bon continua t'elle, que je luy faſſe remarquer, que les comparaiſons

font odieufes ; qu'il eft bon
de n'en faire prefque jamais;
& qu'on ne doit pas fe gen-
darmer contre l'opinion des
gens, fans avoir de grandes
raifons pour la détruire. Io
n'ay pas combattu la verité
de fa reflexion. I'ay foûte-
nu qu'elle prouvoit trop, &
qu'il n'eftoit pas à propos
de la faire. Il prend le con-
trepied pour renverfer mes
fentimens. Il ne veut pas
même y trouver de la vray-
femblance, & tout perfuadé
qu'il eft des charmes de Paris, il trouve mauvais que je
les prefere à ceux que nous
pouvons découvrir icy. Mais

entrons dans le détail. Quelque belle que puiſſe eſtre u-
ne maiſon ſolitaire, efface-
ra t'elle le Palais Royal,
Luxembourg, le Palais des
Thuilleries, les Galleries du
Louvre & le Louvre meſme
tout imparfait qu'il eſt encore. Je ne parle point de
mille maiſons particulieres,
qui ſeules rendroient Paris
la plus ſuperbe Ville de l'Europe.

Ce n'eſt pas là de quoy il
eſt queſtion, interrompit
Philemon ; on ſçait bien
qu'on voit dans Paris de plus
beaux Palais qu'à la cam-
pagne. Ce n'eſt pas là auſſi

que je m'arrefte, reprit Berelie; les beaux jardins font
un des plus grands orne-
mens de la campagne;
fi je n'avois parlé des
Thuilleries , j'en nomme-
rois cent dans Paris , dont
l'étenduë & la beauté font
oublier qu'ils foient renfer-
mez dans une ville fi peu-
plée.

Mais ce n'eft pas encore
là fur quoy vous appuyez le
plus, pourfuivit elle; un parc
coupé de divers canaux &
orné de grands bois , de taillis & de Peloufes fait vôtre
enchantement. Pour faire le
parallele jufte prenons le

dehors de Paris pour le comparer à celui-cy. Comme ce n'eſt pas la muraille qui l'enferme, qui en fait la principale beauté, imaginons des bornes d'une pareille étenduë, & portons les à quelques lieuës de Paris. Nous y trouverons Vincennes, le bois de Boulogne, Meudon, Chaville, S. Clou, Seaux, Ruel, Meſons, Saint Germain & Verſailles même, je ne m'attends point que vous me demandiez encore quelque choſe ; & vous avoüerez ſans doute que le Parc de Paris vaut pour le moins le reſte de la

France , & l'Italie même
toute entiere.

Sans mentir vous estes
une dangereuse personne,
repartit Philemon , je me
suis apperceu plus d'une fois
que pour ne point changer
de sentiment il falloit toûjours estre du vostre. Mais
nous voicy enfin au bout
de l'avenuë, & rien ne nous
empesche plus d'admirer ce
superbe bastiment qui ar-
reste nos pas & nos regards.
De bonne foy, reprit Be-
relie , je n'ay rien vû de
plus grand & de plus mag-
nifique. Ce dome elevé au
milieu de cette belle Masse

& ces deux pavillons qui la
terminent, étalent une certaine majesté qu'on ne remarque qu'aux approches
des maisons Royales , & si
j'y avois pris garde un peu
plûtost , je n'eusse point
parlé de Luxembourg, du
Palais Royal , ny du Palais
des Thuilleries.

L'architecture en est ad-
mirable, je croy que l'ordre
en est Corinthien. Ie l'ay cru
d'abord Composite , repartit Philemon, mais je le crois
Corinthien comme vous.

J'ay plus d'un interest,
dit Celinde , de vous faire
remarquer ce qu'on trouve

icy de plus paſſable. Pour
peu que vous approchiez
davantage des foſſez, vous
verrez trois avenuës à perte
de vûe, qui forment une
croix ; & ce grand Dome
percé à jour vous en de-
couvrira une quatriême qui
ſe perd à une lieüe d'icy dans
une foreſt qui ne finit
qu'avec l'horiſon.

Je m'en apperçoy déſja,
dit Berelie, approchant du
foſſé ; & je ſçay mauvais gré
a ce grand nombre dé fon-
taines qui ſemblent ne s'é
lever ſi haut que pour dero-
ber à nos regards des beautez qui pourroient bien nous

ñous contenter fans elles.

Mais remarquez vous, ajoûta Philemon , que ces foſſez ne font pas ordinaires. L'eau en paroiſt vive ; ils font revêtus d'une belle pierre de taille , & ils n'ont gueres moins de douze ou quinze toiſes de large.

Ils font du moins remplis de bon poiſſon, reprit Celinde , & l'on y prend aſſez ſouvent des carpes monſtrueuſes & dont le goût eſt fort particulier.

Qu'eſt-ce , je vous prie, luy demanda Berelie , que cette petite Iſle en forme de Donjon , ou pour mieux

dire de jardin en terraſſe
que je voy ſi élevé au milieu du foſſé, & qui domi-
ne ſur un ſi beau païſage.

C'eſt un petit parterre,
repondit Celinde, vous le
trouverez menagé avec aſ-
ſez d'art ſur une des meil-
leures caves du Royaume,
pratiquée dans un roc. On
y entre par un Pont qui
donne ſur la Cour, & je
m'attends bien que vous ſerez agreablement ſurpriſe
de ce que vous y verrez.

Ce ſont la ſans doute vos
écuries, dit Berelie, ayant
paſſé le pont qui donne ſur
la grande porte de la Cour.

Ouy ma chere , reprit Ce-
linde, vous en ferez je crois
affez contente. Tout ce que
je voy , marque quelque
chofe de fi grand , dit Berelie , que je vous deman-
derois volontiers, fi c'eft la
vôtre grande ou vôtre pe-
tite écurie ; je pourrois vous
repondre fans peine , repartit Celinde , mais vous devriez me rendre plus de ju-
ftice. Ces airs de grandeur ne
me conviennent pas. Cecy
fent fi fort fa maifon Royale , que cette queftion
ne devroit pas vous eton-
ner, repondit Berelie.

Avançons , pourfuivit el-

le, vers ce superbe Dome;
nous devrions y trouver l'es-
calier selon les apparences,
mais je le voy si bien percé
que je ne sçay qu'en croire;
vous ne vous estes point
trompée, dit Philemon, qui
avoit avancé quelques pas,
& qui l'admiroit déja. Vous
allez voir le dessein le plus
hardi qui soit jamais tom-
bé dans l'idée d'un archi-
tecte.

Ah ma chere Celinde,
s'écria Berelie, marche t'on
en sureté sur un degré de
marbre si élevé qui ne porte & n'appuye sur rien. Vous
faites là une reflexion, reprit

prit Celinde , que mille
perſonnes ont faite avant
vous. Ie vous avoüe que
c'eſt une des plus extraor-
dinaires choſes qui ſoit en
France.

Dites, ajoûta Philemon,
qu'il n'y a dans le monde
qu'un eſcalier plus beau que
celuy là. Trōpez vous comme moy, dit Berelie, & fi-
gurez vous toûjours que
vous eſtes à Verſailles, comme je me perſuade que je
ſuis à Paris.

Aux dépens de changer
d'avis à chaque moment,
reprit Philemon , je veux
être où vous eſtes , & je ne

Tome I. E

veux pas me suppofer dans
un lieu où je sçay que vous
n'estes pas.

Je vous répondray , dit
Berelie , quand je feray un
peu moins occupée. L'ou-
verture de ce Dome me
laiffe voir au delà du foffé
un parfaitement beau Jar-
din ; ce jardin me paroît
encore terminé par un Ca-
nal , ou l'art s'eft fi bien de-
guifé , que l'on croit n'y
voir que la nature. Vous ne
reconnoiffez donc plus la
Sarthe , reprit Celinde. Vous
me joûez , repartit Berelie,
la Sarthe va à Angers ce me
femble , & l'eau qui coule

devant nous ne prend pas
ce chemin. D'ailleurs, nous
avons quité la Sarthe a une
lieuë d'icy ; & vous voulez
bien que je ne croye pas
qu'elle ait quitté son cours
ordinaire pour nous suivre.
Je ne suis pas capable d'un
déguisement avec vous, repliqua Celinde. La même
Sarthe que vous avez quittée
repasse encore icy ; elle fait
une presqu'Isle de cette
campagne, & vous qui n'ig-
norez pas les moindres detours du Rhin & du Danu-
be, vous trouverez pour peu
que vous y pensiez, que ce
que je vous di n'est pas in-

F ij

croyable. Vous voyez, dit
Berelie que je suis un peu
moins habile en Geogra-
phie que vous ne croyez.

On monta en suite dans
les appartemens , on les
trouva bien entendus &
magnifiquement meublez,
& on revint enfin dans un
sallon a l'Italienne, où l'on
servit une superbe Colla-
tion, qui donna lieu à Berelie de demander encore a
Philemon s'il croyoit être
à la Compagne ou à Paris.

LE TESTE A TESTE.

II. ENTRETIEN.

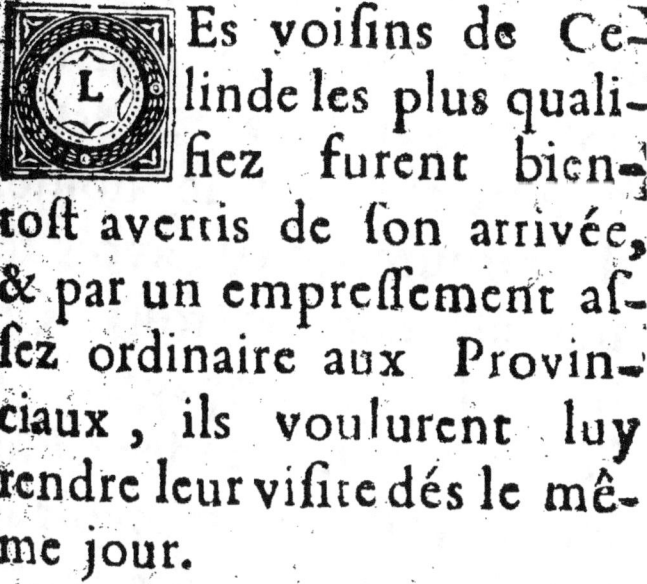Es voisins de Ce-
linde les plus quali-
fiez furent bien-
toft avertis de fon arrivée,
& par un empreffement af-
fez ordinaire aux Provin-
ciaux, ils voulurent luy
rendre leur vifite dés le même jour.

On eftoit encore à table
lors qu'on fut averty que
deux ou trois Gentilshom-
mes entroient dans la cour

du Château. Celinde côn-
seilla d'abord à Berelie & à
Philemon de profiter de la
belle soirée, & d'aller prendre le frais dans le jardin,
pendant qu'elle donneroit
à la bien seance des honnestetez qui sont devenuës un
devoir par l'usage. Berelie
voulut aller sur le donjon
de verdure qu'elle avoit remarqué dans le fossé. Ce-
linde l'y accompagna, &
l'ayant recommandée à Philemon, elle alla recevoir les
Provinciaux. Berelie ne fut
pas plutost dans cette petite Isle, qu'elle s'apperceut
que c'estoit comme un point

de perspective, d'où l'on
découvroit, sans chercher,
une partie de ce qu'avoit de
plus beau cette campagne.

Si vous m'en croyez, dit-
elle d'abord à Philemon,
nous attendrons icy la nuit,
ou du moins le retour de
Celinde. Nous nous som-
mes assez promenez, & sans
nous fatiguer davantage,
nous pouvons goûter d'icy
toutes les douceurs d'une a-
greable promenade. Ce party me paroist le meilleur à
prendre, repartit Philemon,
mais le teste-à-teste aproche si fort de la solitude,
que je n'esperois pas que

vous puſſiez vous en accommoder. J'avoüe, reprit Berelie, que j'aime le monde, & que je hais tout ce qui ſemble s'en éloigner; mais je ſuis quelquefois un peu extraordinaire dans mes ſentimens, & vous ſerez peut-eſtre ſurpris, quand je vous diray que le teſte-à-teſte approche moins de la ſolitude pour moy que la compagnie la plus nombreuſe. Il eſt ſi mal aiſé de trouver beaucoup d'eſprits bien aſſortis enſemble, & il eſt ſi difficile de s'accommoder à la fois à pluſieurs caracteres differens, que le nom-

nombre des perſonnes ne
fait guere la beauté de leurs
converſations. Parmy tant
de gens on en trouve toû-
jours, qu'une grande diſſi-
pation rend indiſcrets. On
y fait cent queſtions hors
de propos qui font tomber
la converſation, ou qui la
rendent du moins languiſ-
ſante. Tout le monde n'eſt
pas bien perſuadé de cette
double maxime, qu'il ne
faut jamais repondre à ce
que l'on n'entend pas, &
que lors qu'on n'écoute
point il faut toûjours ſe
taire. Il ne me paroît pas
facile d'écouter & d'enten-

Tome I.   G

dre un aſſez grand nombrê
de gens , & par une ſuite
je ne comprens pas que l'on
puiſſe bien leur parler &
leur répondre.

J'ay toûjours cru auſſi,
ajoûta Philemon, qu'il falloit un peu plus d'eſprit &
de conduite dans une grande compagnie que dans un
teſte-à-teſte. Il y auroit là
deſſus quelque diſtinction
à faire, interrompit Berelie.
Vous decidez un peu bruſ-
quement. Ie ne veux pas
entrer dans ce détail, mais
pour moy par mille autres
raiſons je ferois aſſez de cas
des teſte-à-teſte , il y en à

qui feroient affez de mon goût, je prevois cependant que ce ne feroit pas ceux qui feroient le plus du vô-tre. Je ne puis fouffrir le particulier qu'avec des gens à qui je ne dois nulle com-plaifance, & qui ne font pas en obligation d'en af-fecter une à mon égard. Je veux eftre en liberté de tout contredire, & je confens avec joye que ceux à qui je parle prennent la même li-berté. Je veux qu'on s'op-pofe à mes raifons, & qu'en les combatant on m'oblige d'en trouver encore de meil-leures. Comme je ne foû-

tiens jamais que ce que je
puis bien prouver, c'eſt me
metre en état de mieux au-
thoriſer mes ſentimens que
de m'en demander de nou-
velles preuves.

La pluſpart des choſes de
la vie ſont problematiques,
pourſuivit elle ; on peut
prendre le pour & le contre
ſelon qu'on le trouve à propos ; & la verité eſt une maniere de ſecret qu'on ne découvre qu'apres des recher-
ches aſſez exactes.

Sans mentir vous êtes
bien à plaindre, interrompit Philemon, ſi vous n'a-
vez pas éprouvé qu'il y a

des veritez qui ont aſſez dequoy plaire ſans cette op-
poſition de ſentimens ; &
qu'il y a enfin des teſte-à-
teſte ſans diſpute qui ne
laiſſent pas d'eſtre agreables.
Ie ſçais que les avis differens dans une compagnie
en échauffent l'entretien,
mais je ſçais bien auſſi que
des conſentemens recipro-
ques dans un agreable te-
ſte-à teſte ne le refroidiſ-
ſent pas.

Vous y voila, reprit Be-
relie. Vous êtes fait comme
le reſte des hommes. Vous
ne ſauriez vous entretenir
un moment ſans meſler

G iij

dans vos discours quelque-
peu de galanterie; & à moins
que l'amour^Nen soit vous
ne sauriez pousser un en-
tretien. Cependant il vous
faut bien changer de ton,
si vous voulez que nous
parlions quelque fois en-
semble. Ie suis si fatiguée
d'entendre toûjours la même chose sous des termes
differens, que je ne saurois
souffrir l'amour n'y tous les
contes que l'on en fait.

Mais pour cette fois je
veux bien pour vous tirer
d'erreur que les teste-à-teste amoureux soient de nôtre conversation. Vous cro-

yez, je le voy bien, que rien
n'égale la felicité de deux
Amans, qui fort contans
l'un de l'autre s'expliquent
sans contrainte de tout ce
qu'ils sentent dans le cœur.
Pour moy, continua t'elle,
quand l'amour de luy mê-
me ne me deplairoit pas autant qu'il me deplaist, je
vous avoüe que je suis si
prevenuë que tous les A-
mans sont de grands Co-
mediens, que je prendrois
toûjours leur empressement
à me persuader pour une af-
fectatió à me surprendre. De
la maniere que l'on en parle leurs contes ressemblent

si fort à des veritez qu'il n'est pas fort aisé d'en faire une juste difference ; & en pareille occasion je me trouverois fort embarrassée teste-à-teste avec une personne qui voudroit m'en conter. L'obligation d'y repondre, d'y consentir ou d'y contredire, me mettroit dans une contrainte également facheuse de luy donner trop d'avantage en le croyant, ou d'écouter en ne le croyant pas des protestations nouvelles qui ne me persuaderoient pas.

S'il est vray, ce qu'on nous dit, ils reviennent toûjours

à la même chose. Ce sont
des redites éternelles, & ils
affectent des roulemens
d'yeux & des tons radou-
cis, qui n'ont dequoy plaire
que par ce qu'ils ont de-
quoy divertir.

Trouvez bon, interrom-
pit Philemon, que je vous
fasse remarquer que vous
sortez du sujet que vous
avez proposé, vous parlez
ce me semble de deux A-
mans faits l'un pour l'autre
qui se communiquent leurs
sentimens dans un agreable
teste-à-teste. Rien ne les
contraint, & ils ne se con-
traignent pas eux mêmes,

ils n'affectent point ce qu'ils
ne fentent pas. Ils difent
fans façon ce qu'ils fentent.
Ils ne font gefnez que lors
qu'ils font dans quelque
compagnie ; c'eft pour lors
qu'ils fe trouvent dans une
horrible contrainte. Tout ce
qui les empefche d'eftre
feuls les embarraffe , & ne
duffent ils fe rien dire, le
plaifir de n'eftre point ac-
compagnez feroit un grand
charme pour eux. Leurs
fentimens dans le tefte à-
tefte changent de nature
auffi bien que leurs difcours.
Ils pourroient fe parler dans
le même fens & dans les

même termes, que ce qu'ils se disent seul à seul n'est plus la même chose que ce qu'ils se disoient quand ils étoient en compagnie. La bienseance les oblige quelquefois de se contredire devant le monde, & cette bienseance les oblige toûjours d'estre d'un même avis quand ils sont seuls. Comme ils n'ont qu'un même cœur, ils n'ont aussi qu'une même pensée & qu'un mé-me esprit. Leurs sentimens sont déja tous conformes ou le deviennent bientôt, & leur complaisance est entiere comme leur amour est parfait.

C'eſt cette trop grande
complaiſance, reprit Berelie,
qui me rendroit ces teſte-
à teſte inſuportables. Comment s'entretenir long-
temps avec des gens qui
ſont toûjours de même
avis, qui ne ſauroient vous
dire oüy, lorſque vous dites
non, & qui ſe font enfin
une loy de n'avoir jamais
d'autres penſées que les
vôtres. Croyez moy, Phi-
lemon, continua t'elle, cette
ſorte d'entretiens doit avoir
quelque choſe de bien lan-
guiſſant, & j'aimerois preſ-
qu'autant chercher un echo
& m'amuſer à ſes redites

que de parler à un homme, qui ne me répondroit, que ce que je luy dirois.

Ce sont là de ces choses, repartit Philemon, dont on ne peut juger que par soy même. On ne peut en parler qu'apres en avoir fait l'épreuve. Tout ce qu'on en sçait par d'autres n'instruit jamais assez. On auroit beau exagerer à un aveugle les effets du pinceau de Mignard ou de le Brun. Tout ce qu'on dira du Coloris & du menagement des ombres, laissera une confusion dans son esprit plûtost qu'une idée qui ressemble.

Ne vous scandalisez pas de
cette comparaison , continua t'il , elle n'est que trop
juste. Si vous en sçaviez autant que moy , vous juge-
riez bientost des douceur
d'un teste-à-teste , vou
sçauriez bon gré à l'impor
tunité des Provinciaux qu
arrestent Celinde ; & quel
que agreable que puisse être
sa presence , vous seriez
ravie de ne pas la voir, &
vous craindriez son retour
presqu'autant que l'approche d'un fascheux.

Vous me paroissez si per-
suadé de ce que vous dites,
reprir Berelie , que vous me

donnez une curiosité de
m'en éclaircir que je n'avois
pas sentie encore. Comme
ce n'est qu'un petit jeû, &
que ce n'est entre nous de
nulle conséquence, je veux
bien par maniere d'entretien
que vous me disiez tout ce
que vous pourriez dire à
une personne que vous
trouveriez à vôtre gré. Ie
n'auray point de peine à
vous parler ainsi , reprit
Philemon , mais vous en
aurez beaucoup à me re-
pondre ; & vous aimez si
fort à contredire que je voy
bien que nous ne serons
pas de même avis. Suppo-

fez toûjours, repartit elle, que j'ay pour vous cette complaifance dont vous venez de parler. Cette fuppofition n'eft pas aifée, repliqua Philemon, mais je veux bien me faire cet effort pour vous plaire. Suppofez à vôtre tour que vous l'avez cette complaifance & aux depens de la trouver fauffe dans la fuite, je vous prie de la faire bien paroître dans ce que vous me repondrez.

Qu'on eft heureux, continua t'il, d'un air tendre & paffionné, qu'on eft heureux de trouver la perfonne qu'on

qu'on aime dans la difpo-
fition d'écouter avec plaifir
tout ce que l'on peut avoir
à luy dire ; & que ce bonheur eft bien plus doux ,
lors qu'il vient fans avoir
efté precedé d'un efpoir de
l'obtenir. Ie ne fçay , repondit Berelie, fi la furprife
en augmente le bonheur ;
mais je m'aperçois bié qu'on
reçoit fans peine de pareilles declarations, quoy qu'on
euft raifon de s'y attendre.

Mon cœur eft fi contant
de mes idées prefentes, repartit Philemon , qu'il ne
veut nullement reflechir fur
le paffé. Il n'a d'autre

Tome I.   H

empreſſement que celuy de
rendre le preſent éternel
de part & d'autre. Vous ne
me direz rien, repliqua Berelie, que je ne vous re-
ponde à peu pres de même.
Ie me ſouviens de nôtre
convention, & je ne rapel-
le le paſſé que pour n'en
perdre point l'idée. Expli-
quez vous à vôtre gré, profi-
tez de la permiſſion que l'on
vous en donne : Et ſi vous
me dites que vous m'aymez,
continua t'elle en ſouriant,
je vous repondray aſſure-
ment que je vous aime. Ah
vous gâtez tout, s'écria Philemon. Vous riez dans la

conjoncture du monde la plus ferieufe; & vous jettez mon cœur dans un dépit égal au plaifir qu'il auroit eu , fi vous aviez pris une conduite toute oppofée.

Quoy , dit gayement Be- relie , il n'eft pas permis aux Amans de rire , & leurs tefte-à-tefte doivent toû- jours eftre ferieux. Sans mentir j'avois eu toute ma vie une étrange idée de l'amour ; mais vous m'a- prenez à le haïr encore d'a- vantage. Ie fuis gaye na- turellement , j'aime un air riant & enjoué , & je ne faurois m'accommoder d'un

H ij

ferieux qui défend même
de rire lors qu'on doit eftre
le plus contant.

Ie vous l'avois bien dit,
pourfuivit elle , que les tefte-à-tefte amoureux ne
font pas les plus agreables.
Ils font fades & languiffans;
& vous convenez vous mê-
me qu'ils doivent eftre d'un
ferieux fort oppofé à la
joye.   Que vous étes à
plaindre , reprit Philemon.
Ce ferieux eft une fuite
d'une parfaite joye bienloin
de luy eftre oppofé. Les fuccez qui flatent le plus ne font
pas ceux qui font rire davantage. Les grandes triftef-

ses empeschent de pleurer,
& les grandes joyes ne permettent pas de rire. Vous ne
connoissez pas les charmes
qui suivent le plaisir d'aimer & d'estre aimé, &
celuy de se le redire cent
fois, & de ne parler point
d'autre chose.

Ce que je trouve de bon
en cecy, repartit Berelie,
c'est que vous oubliez que
c'est un jeu ; & vous af-
fectez un air passionné,
comme si vous sentiez en
effet ce que vous voulez
me faire entendre.

Il faut avoüer, repondit
Philemon, que vous étes

H iij

bien malicieuſe ; mais dites
moy s'il vous plaiſt , ſeroit
ce la premiere fois qu'un
petit jeû à eſté changé en
quelque choſe de mieux.
L'amour eſt badin, il aime
les jeux , il en profite ; &
pour peu qu'il ſoit de la
partie , on ne ſe jouë pas
long-temps ſans s'aperce-
voir de quelque metamor-
phoſe.

Mais qu'en ſeroit il encore,
ajoûta t'il , ſi quelqu'un
venoit vous dire qu'il vous
aime, ou s'il s'en expliquoit
enfin par des declarations
où il vous feroit voir autant
de tendreſſe que de reſpect,

Il en seroit, repartit se-
rieusement Berelie, que
nous ne serions pas long-
temps ensemble, & que je
ne le verrois jamais. Quelque assaisonnement qu'on
donne à ces declarations,
elles roulent toûjours sur
une idée qui me paroîtra
toûjours choquante ; & je
ne sçay continua t'elle,
comment on peut donner
le nom de respect à la
chose du monde la plus
capable de le détruire. Elle
continuoit de luy parler de la
forte, lorsque Philemon luy
fait une profonde reveren-
ce, & d'un air modeste &

refervé il prenoit le party
de fe retirer. D'où vient
cette brufquerie , luy dit
elle ? Où allez vous Philemon. Il m'eft venu tout
à coup une penfée, repon-
dit il , qui me fait refoudre
à n'eftre pas long-temps
dans ce beau fejour. Ie
prevoy que je feray obligé
de retourner à Paris. Ie fuis
fi fort occupé de cette reflexion, que vous trouverez
bon que je m'écarte un moment ; j'ay befoin d'un peu
de folitude pour y penfer.

Celinde les empefcha
d'en dire d'avantage , elle
revint avec fes Provinciaux,

&

& ils parlerent tous ensemble de la beauté du lieu &
du plaisir d'y estre en si
bonne compagnie & dans
une si belle saison.

LE BON GOUST.

III. ENTRETIEN.

ES Divertissemens
nouveaux que don-
noit tous les jours
Celinde à Berelie & à Philemon, luy attiroient à tous
momens de ces sortes d'hon-
nctétés, dont les gens qui

Tome I.   I

entendent finement le
monde, sçavont affaisonne
leur moindre reconnoif-
fance.

Pour moy dit un jour
Berelie à Philemon, qui
sembloit vouloir s'étendr
sur ce sujet, je suis touché
de tout ce que Celinde fait
pour nous, mais je n'en
suis nullement surprise. Je
connois son cœur & son
Esprit, elle a pour nous la
meilleure intention du
monde, & vous estes bien
persuadé vous même de son
pouvoir, de son sçavoir
faire & de son bon goût.
Sur ces heureuses disposi-

dons , à quoy ne devions
nous pas nous attendre
d'elle. Vous en dites beaucoup repartit Celinde , je
ne me défens pas d'une
partie des bonnes qualités,
que vous venez de me don-
ner. Ie suis satisfaite de
mon intention , & de mon
cœur , & je ne suis pas
fâchée que vous le soyez
vous même. Ie veux bien
encore que vous croyez que
j'ay de quoy vous divertir
long temps dans ce lieu,
& que l'envie que j'ay d'y
bien reussir, me donne le
sçavoir faire. Mais pour
ce bon goût qui a terminé

I ij

un éloge qui ne m'eſt point
dû. Ie ne ſçay ſi je dois ac-
cepter le don que vous m'en
faites.

Le bon goût ſuppoſe à
mon avis, plus de bon-
nes qualités que le ſçavoir
faire ; & j'aimerois mieux
cet avantage ſans tous les
autres que tous les autres
ſans celuy là. Le bon goût
va loin.

Il va par tout, repliqua
Berelie, & c'eſt parce que
j'en connoy le merite &
l'étenduë que je vous en
fais une ſincere application.
Ie ſçay qu'il a pris la place
du bel air, du je ne ſçay

quoy, & du bel efprit, qui
ont regné fi long-tems
en France. Le bon goût les
a enfin détronnés. Son empire à prefent n'a point de
bornes. On l'encenfe par
tout où il eft, & bien fouvent même où il n'eft pas.
Il n'eft rien de fi commun
que le bon goût, & cepen-
dant il n'eft rien de fi rare.
Tout le monde s'en pique,
& peu de gens s'en piquent
avec raifon. Du temps du
bel air & du bel efprit, on
fe rendoit quelquefois ju-
ftice. On n'eftoit pas toûjours entefté fur ces deux
qualités. On en paffoit con-

damnation, & tel qui n'auroit jamais pretendu à l'un
n'y à l'autre , ne cederoit
aujourd'huy à personne sur
le bon goût. Vous avez
beau vous en défendre vous
même dit elle à Celinde.
Ce sont toutes façons, & il
me semble que parmy nous
nous les avons bannies. Vous
avez du bon goût en tou-
tes choses, cet avantage est
trop sensible , il est plus
dans le cœur que dans l'esprit , & ce qui se fait sentir à nôtre ame , n'eschape
pas pour l'ordinaire à nôtre
reflexion.   Vous vous en
estes aperceüe sans doute,

...is vous n'estes pas d'hu-
...eur de l'avoüer. Vous en
...ez ce qu'il vous plaira,
...us une personne qui a de
... beauté, ne se croit pas
...lle, & qui a le goût bon,
... croit pas l'avoir mau-
...ais.

Nous avons toûjours au
dedans de nous même un
amour propre qui n'exage-
re pas nos defauts, & qui
ne diminuë pas à nos yeux
ce que nous avons de meilleur qu'un autre. Cela n'est
pas toûjours veritable, dit
Philemon. Cet amour pro-
pre n'est pas aussi outré que
vous les croyez. Il y a de

I iiij

belles personnes qui croyent
bien, qu'il y en a de plus
agreables qu'elles. Les meilleurs joüeurs de luth, ne
croyent pas estre les premiers du monde dans cet
art, & dans celuy là com-
me dans tous les autres, ceux
qui ont le plus d'habileté,
ne sont pas ceux qui s'ima-
ginent en avoir d'avantage.
I'ay remarqué plus d'une
fois, que l'on se rend assez
de justice, sur les qualités
de l'esprit, du corps & de
l'ame, mais qu'on ne se là
rend presque jamais sur les
dispositions du cœur. Cela
est certain, reprit Berelie. On

convient affez du refte, mais
on fe flate toûjours d'avoir
le cœur du monde le meil-
leur. Et c'eft un effet de
ce goût bon ou mauvais
dont nous parlons..

J'avois crû repondit Phi-
lemon que cella ne venoit
que de ce que nôtre cœur,
ne fait jamais que ce que
nous voulons bien qu'il
faffe ; quoy qu'on en dife,
il eft foûmis à nos inten-
tions , & nous fommes o-
bligés par là de foûtenir que
fa conduite n'eft pas mau-
vaife. Nous ne fommes pas
garands de tout ce qui ne
dépend point de nous, mais

nous le sommes de tout
ce que nôtre liberté détermine.

Nôtre cœur est la meil-
leure & la plus chere partie
de nous même.   Nous ne
nous broüillons point avec
luy.   Si dans un temps
nous combattons ses des-
seins, nous luy cedons dans
un autre. Il l'emporte toûjours, & les efforts que
nous faisons pour luy re-
sister sont tôt ou tard inutiles. Nous voulons tout ce
qu'il veut, parce qu'il ne
veut que ce qui peut nous
plaire. Il nous propose toûjours un bien, & si ce bien

est accompagné de quelque
circonstance difficile , il
trouve le moyen de nous
faire voir encore un avantage dans cette difficulté. Tout
ce qu'il nous offre a droit de
nous flater. Nous luy devons
nos plaisirs, nos douceurs,
& nos joyes. Son bonheur
fait le nostre & nous n'ose-
rions luy contredire de peur
de nous rendre , malheu-
reux. Les sens , l'esprit &
la raison même sont pour
l'ordinaire de bonne intel-
ligence avec luy. Ils suivent ses mouvemens & c'est
les justifier tout à la fois
que d'authoriser le cœur &

d'approuver fa conduite.
Tout le refte de nous même
luy eft attaché, & la liberté
que l'on prend de fe loüer
du cofté du cœur, n'eft qu'un
pretexte honnefte , de fe
donner modeftement le
plus grand éloge , où les
gens accomplis puiffent pretendre.

I'ay toûjours crû ce que
vous dites, luy repondit Berelie , mais tout cela n'eft
qu'un effet du bon ou du
mauvais goût. Il regle nos
fentimens & nos idées , il
difpofe de nos deffeins &
de nos actions , c'eft à luy
que noftre liberté fe foumet

sans repugnance. C'est enfin nostre souverain maistre,
ou si vous voulez nostre
titan. Il ne garde des me-
nagemens qu'avec le cœur.
Il a besoin de luy, il luy
doit tout ce qu'il est, il le
consulte à toute heure, &
quoy que le goût prenne
souvent l'empire sur le
cœur, il le regarde cependant, comme sa cause, &
comme le lieu de sa veritable origine.

Personne n'a douté juf-
qu'icy, repartit Philemon,
que le goût ne fût plûtost
une reflexion de l'esprit
qu'un mouvement du cœur.

C'eſt l'un & l'autre, repliqua Berelie, mais il tient
du cœur beaucoup plus que
de l'eſprit. Car enfin le
goût ne ſe prend pas tant
pour ce que l'on connoiſt
que pour ce que l'on aime.
Ce n'eſt que la même choſe
à le prendre à la rigeur.
Nous n'avons qu'une ame,
& ſes puiſſances ne ſont
pas differentes d'elle. Nous
ne les diſtinguons que pour
mieux nous expliquer, mais
dans le ſens qu'on leur donne, le goût dépend plûtoſt
du cœur & du tempera-
ment que de l'eſprit & de
la connoiſſance.

C'est donc ce que l'on a voulu dire par cette maxime que chacun agit selon son temperament. Cela se pourroit, reprit Berelie, mais en verité on nous fait bien du tort, de ne pas nous distinguer des bestes qui n'ont pour toute regle que ce temperament qui n'est pas assez éclairé pour nous. Les hommes ont une raison pour les conduire; & lors même qu'ils s'en remettent à leur goût, leur raison y entre toûjours pour quelque chose. Elle s'accommode à leur goût, & c'est ce qui le rend bon, &

qui l'empefche de pouvoir
devenir mauvais. Car à mon
fens le bon goût n'eft qu'une
raifon éclairée, qui d'intel-
ligence avec le cœur, fait
toûjours un jufte choix
parmy des chofes oppofées
ou femblables.

Ie ne m'étonne plus, in-
terrompit Celinde, fi le bon
goût eft fi rare. L'idée que
vous nous en donnez con-
damne bien des gens à en
eftre privés pour leur vie.
Point du tout, reprit Berelie, chacun a du bon goût
à famaniere, mais les goûts
ne fe reffemblent pas, &
c'eft une injuftice de juger
de

de celuy des autres par le
fien. Il faudroit penetrer
toutes leurs raifons pour ne
pas s'y méprendre, encore
pourroit on s'y tromper.
On s'expofe fouvent à
faire voir qu'on a le goût
mauvais en déclarant que
les autres ne l'ont pas bon.
A moins que d'eftre ftu-
pide ou infenfé il n'y a
perfonne qui n'ait le goût
bon en quelque chofe. On
pourroit même l'avoir mauvais à l'égard des autres,
qu'on l'auroit du moins
bon pour foy. Noftre goût
eft toûjours le noftre. Chacun juge des chofes com-

Tome I.   K

me il l'entend, & on ne seroit guere raisonnable de
vouloir que tout le monde
se soumit à nostre senti-
ment. Les goûts ne se ressemblent pas, chacun a
le sien, & pourveu que
l'on n'y voye rien de trop
bizare, il ne faut jamais le
condamner. Car enfin com-
me on se loüe trop en se
loüant du costé du cœur,
on blâme trop aussi les autres quand on les blâme du
costé du gout. C'est con-
damner tous leurs senti-
mens, c'est décrier leur conduite, & c'est vouloir ren-
verser toute leur raison.

Il est vray, interrompit Philemon, que de puis peu on a donné au gout une idée si étenduë, qu'il nous comprend nous même & tout ce qui peut avoir quelque raport avec nous. Ces termes si vagues & si étendus que l'usage a plus souvent autorisez dans ce siecle que dans un autre, reprit Berelie, prouvent bien ce me semble que l'on n'a jamais eu tant de penetration & de politesse. On pense des choses que l'on n'a pas encore pensées. Mais on ne peut les expliquer que par des termes déja re-

K ij

ceus. Des particuliers n'ont
pas droit de faire des mots
nouveaux. Tout ce qu'ils
peuvent faire c'est d'appli-
quer ceux qui sont déja
connus, à des idées toutes
nouvelles, & d'y attacher
une certaine éloquence, ou
par le ton, ou par l'accent,
ou par l'arrangement qu'on
leur donne, qui suffit souvent pour les distinguer
d'avec eux même dans les
divers sens qu'il peuvent
avoir.

Pour vous expliquer ce
que j'en pense, tout ce qui
est capable de sentiment
doit l'estre d'un gout de ce

qu'il fent. Cette metapho-
re eft prife de cette impreffion douce ou violente, que
fait dans le palais tout ce
qu'on mange. Le goût n'eft
fait que pour ce fentiment,
c'eft là fa fignification propre. Et c'eft dans un fens
figuré qu'on l'applique par
tout ailleurs. Mais toutes
les langues font fi pauvres
que fans ce fecours on feroit bien en peine de s'expliquer.

Ce n'eft que dans ce fens
que l'on goute la mufique,
que l'on a plus de gout
pour un inftrument que
pour un autre. C'eft en-

core par le gout que l'on
juge des couleurs, des
odeurs des sciences, & même des vertus. On goute
plus les unes que les autres,
& l'on ne sçauroit mieux
juger de la difference des
goûts que par le different
choix que l'on en fait tous
les jours.

Le gout est tellement à la
mode, interrompit Celinde,
que je veux croire avec
vous qu'il détermine nostre
choix en toutes choses. On
luy raporte tout. On a du
gout, pour les arts, pour
les habits, pour les manieres, pour les batimens, pour

les belles lettres , & enfin
pour toutes les choses de
la vie. De quoy que l'on
parle ce mot trouve sa place par tout. Et le bon &
le mauvais gout decident
aujourd'huy de la conduite
des hommes. Ne blamez pas
ce gout là , reprit Berelie.
Vous le voyez, ajoûta brusquement Philemon , vous
vous en servez vous même
fort heureusement & dans
un sens bien étendu. Ie
doute que vou eussiez pu
trouver un autre terme qui
eut dit autant que celuy là.
Nous avons déja remarqué,
dit Berelie que le gout , n'a

point de bornes. Les fens,
l'efprit, le cœur, & la raifon enfemble, ne vont pas
fi loin que luy feul.

Pour nous entendre, pour-
fuivit elle, fouvenez vous
que toute la nature n'eft
qu'une harmonie, qui par
un affemblage divers fait
une certaine impreffion dans
nos fens, dans noftre efprit
& dans noftre raifon. C'eft
de là que viennent toutes
nos paffions, & fi j'eftois
Philofophe, dit elle en fou-
riant, je vous dirois icy de
belles chofes.

Mais pour revenir à nô-
tre fujet , fi la nature par
cette

cette harmonie met une maniere de raport entre nos fens
& leurs objets, elle en met
encore un bien plus grand
entre nos cœurs , & toutes
les chofes du monde.

On ne fçauroit faire voir
plus finement l'eftenduë du
goût , repondit Philemon,
que de la maniere dont vous
le prenez. Ie l'ay toûjours
penfé de même. Il nous
conduit par tout , il nous
fert de guide, & je com-
prens que l'on pourroit ti-
ter une belle moralle de ce
que nous en difons.

Ie vois bien du moins,
repartit Celinde, qu'il n'eft

Tome I.   L

rien que l'on ne puisse expliquer par là. La sympa-
thie & le je ne sçay quoy
ne sont plus difficiles à comprendre.   Cette harmonie
que vous établissez dans la
nature explique bien des
choses en peu de mots. Par
les objets qui plaisent à nos
sens nous jugeons bientost
du raport qu'ils peuvent
avoir avec nos ames. Ce raport mutuel est sans doute
ce je ne sçay quoy qui
nous charme. Et la simpa-
thie se decouvre aisement
par la disposition d'un objet
à l'égard d'un autre.

Je m'aperçois même icy

que nôtre langue est pauvre;
j'entens ce me semble des
choses que je ne puis bien
expliquer, parce que je n'ay
point de termes qui repon-
dent à mon idée. Servez
vous du goût, ajoûta Berelie, vous vous en explique-
rez sans peine, & souvenez
vous toûjours dans le figuré, de ce qu'il signifie dans
le propre.

Les goûts sont differens
dans ce que l'on mange, ils
ne le sont pas moins, dans
ce que l'on entend, dans ce
qu'on voit, dans ce qu'on
pense, & ils le sont beaucoup plus dans ce qu'on

aime. Ce qui s'appelle man-
ger ne feroit pas pour vous
un fujet d'un entretien fort
agreable. Ie ne vous en par-
leray plus. Mais comme le
goût eft le moins fpirituel
de tous les fens. Il aproche
le plus de la matiere. Il fe
laiffe comprendre avec plus
de facilité. Et l'on entend
fans peine par ce fecours,
tout ce qui fe paffe dans les
fens, dans l'efprit, & dans
le cœur même.

Un certain affemblage de
tons, fait un raport avec
l'oreille, qui forme une harmonie qui nous plaît, comme un certain mélange de

succre , de Canelle , & de
Chocola forme des paſtil-
les qui flatent noſtre goût.
Ie ne veux pas m'étendre
ſur ce chapitre , mais laiſſez
aller voſtre imagination , &
appliquez à tous les ſentimens du cœur & de l'ame,
tout ce que vous connoi-
trez du goût , vous en trouverez l'application juſte &
naturelle.

Si les goûts ſont diffe-
rens dans le propre ils le
ſont encore plus dans le figuré. Ie ne ſçay même ſi
mon ſentiment eſt trop particulier , mais je ſuis aſſez
de l'avis de ceux qui ont

L iij

pretendu, que les mêmes objets font des impreſſions toutes contraires dans les eſprits.& dans les ſens. Ie ne veux pas examiner ſi je vois toûjours le blanc; comme vous voyez toûjours le jaune ; ſi ce que vous voyez jaune me paroît, comme vous paroît le blanc , & ſi les yeux enfin ſont comme autant de verres de differentes couleurs, qui changent celles des objets.

Il en ſera ce que vous voudrez, continua t'elle, mais je ne doute pas que l'eſprit ne penſe fort diverſement dans chaque per-

fonne, fur une même cho-
fe. Les hommes ne fe ref-
femblent entierement en
rien. Leur air , leur phifio-
nomie , leur voix , leur écri-
ture , leur demarche , leurs
manieres , tout eft different
en eux. Ils écriront , ils par-
leront , ils agiront fur un
même fujet , mais toû-
jours differemment.

Leurs efprits fans doute
ne font pas plus conformes,
& leurs cœurs encore moins.
ils penfent diverfement , &
ils n'aiment pas tous affurement de la même manie-
re. La feule chofe que nous
avons tous de commun, c'eft

L iiij

que nous n'avons que les mêmes termes pour nous expliquer, & nous imaginons dans ceux qui nous parlent les mêmes idées, que les mots dont ils se servent excitent en nous.

Ie le redis encore, c'est une méchante regle, que de juger toûjours des autres par soy même. Ie le croy comme vous, dit Philemon, & je suis assuré qu'un même terme est attaché à des idées bien differentes. Ie pourrois vous dire je vous aime que vous n'entendriez pas ce que j'entens. Vos allusions sont toûjours fauss-

ſes, interrompit Berelie, &
celle cy pourroit eſtre veritable que je ne la croirois
pas. Ie veux bien vous
avoüer cependant, que ce, je
vous aime, qui eſt un mot
qu'on a tant de fois repeté,
n'a jamais donné peuteſtre
deux idées toutes ſembla-
bles. Chacun l'entend à
ſa façon , & ſi j'aimois il
me ſemble que je n'aime-
rois pas comme un autre.

N'avez vous point vû,
dit Philemon, l'epiſtre qu'un
de nos amis à eſcrite ſur ce
ſujet. Vous me l'avez pro-
miſe, repondit Berelie , &
vous me ferez plaiſir de me

la montrer. La voicy, ré-
partit Philemon. Mais je ne
vous la donne qu'à condi-
tion qu'aprez l'avoir luë
nous continuerons nôtre
entretien. Ne nous enga-
geons à rien, repliqua Berelie, & ne renonçons pas au
plaifir de faire toutes chofes felon que l'envie nous
en prend , ou felon que
nôtre goût nous guide.

Celuy qui a efcrit cette
Epiftre, reprit Philemon, eft
affez du voftre , comme
vous allez voir. Il fait affez
jolliment des vers. Sa mai-
treffe qui les aime luy re-
procha un jour , qu'il n'a-

voit jamais fait pas un pauvre madrigal pour elle. Mais pour ma confolation luy difoit elle finement, vous avez des adorations pour le Roy , vous vous meflez d'ecrire, & vous n'avez encore rien écrit pour luy.

Les prefaces ne font guere de mon goût, interrompit Berelie, & vous devriez eftre un peu moins content du voftre, fi vous fefiez comme la plus part des gens, qui ne fçauroient lire un ouvrage d'efprit, qu'ils n'y ajoûtent un titre de leur façon, qui eft quelque-

fois plus long que l'ouvrage
même. Ie voudrois qu'il ne
fut jamais befoin de pre-
parer les efprits. Les prefaces me fatiguent, & je renoncerois à la lecture de la
Princeffe de Cleves , fi elle
eftoit precedée d'un long
difcours comme d'un éclair-
ciffement neceffaire. Un bel
ouvrage ne doit avoir be-
foing que de luy même
pour expliquer fon fujet,
& un madrigal ne me pa-
roît jolli , que lorfque le
premier ou le fecond vers
m'en explique le fujet.

L'epiftre de voftre amy,
continua t'elle, eft trop bien

reçuë dans le monde. Elle
n'a nul besoin du secours
que vous luy donnez pour
nous prevenir. Ie juge même des sentimens qu'elle
renferme par le cas que tout
le monde en fait. Ie ne sçay
si c'est vôtre pensée , mais
c'est la mienne, que rien ne
fait tant valoir un ouvrage que les beaux sentimens.
Ils charment lors qu'ils sont
naturels & delicats. Ils sont
de tous les tems , de tous
les lieux , & de tous les
âges ; Et c'est par cette raison , que certaines pieces
de theatre ont eu dans Paris, le même succez qu'el-

les avoient eu dans Athe-
nes.

Chaque nation a un goût
particulier pour le tour &
pour les penſées ; Mais pour
les ſentimens , à peu prez
on en juge par tout de même. Les Italiens donnent
dans ces faux brillans que
nous appellons pointes , &
qu'ils appellent *Acutezze.*
Les Eſpagnols ſe jettent é-
ternellement dans ce phœ-
bus, & dans ces expreſſions
hardies, que nous declarons
galimatias, & qu'il honno-
rent du nom de *Eſtilo rom-
bante.* Mais les uns & les autres jugent comme nous

des sentimens du cœur.
Que l'on dise en Italien &
en Espagnol.

Vivre avec mon Iris dans une paix profonde,
Et ne conter pour rien tout le reste du monde.

Ce sentiment sera toû-
jours également bien reçeu,
& nos voisins en jugeront
sans doute comme nous.

C'est cette conformité de
sentimens, dit Celinde, qui
me persuade, que les esprits
& les cœurs ne sont pas
aussi differens que vous
voudriez nous le faire entendre. Pour peu que l'on
examine ce qui nous reste
de memoires de l'antiquité,
on remarque bien-tôt, que
les hommes se sont ressem-

blez dans tous les siecles,&
que l'on n'a blâmé en eux
dans un tems, que ce que
l'on y avoit condamné dans
un autre.

l'ay toûjours crû, conti-
nua t'elle, qu'il y avoit entre nos ames, ce même ra-
port qui se trouve entre
nos visages. Ie comprens
qu'il doit estre aussi commun, que l'on rencontre
des sots que des gens lou-
ches; Et je ne decouvre dans
nos pensées, que cette même difference qui se fait remarquer dans nos traits.
Cette reflexion pourroit
nous mener fort loin, re-
pondit

pondit Berelie, Philemon est prêt à nous lire l'Epître de son ami, faisons luy le plaisir de l'entendre, nous nous trouverons bien d'avoir eu cette complaisence pour luy.

EPISTRE.

A MADAME

LA... DE...

QUoy Philis quand ma Muse assemble quelque rime,
Vous voulez par mes vers, juger de mon estime,
Et vous voulez enfin par une douce Loy,
Que je parle toûjours, ou de vous ou du Roy.
Aprenez le Philis.

Vous le voyez bien, dit Berelie, en voila le sujet en

Tome I.   M

peu de mots. Vous vous donniez des soins inutiles pour nous l'expliquer. Ie ne le cherche plus, & je comprens sans peine sur quoy cette Epistre à esté faite. Mais continuons.

Aprenez le Philis ma Muse trop discrete
N'est jamais de mon cœur la voix n'y l'inter-
    prete.
Mon goût n'imite pas pour de pareils objets,
Ny les autres Amans, ny les autres sujets.
Vous le sçavez helas ! nôtre flame est nouvelle,
Il faut pour en parler des mots nouveaux com-
    me elle.
Les mots sont des portraits, comment peindre
    l'esprit,
En termes usitez ce qu'on n'a jamais dit.
Si je ne veux chanter que Sylvie ou Climene,
Ie dy ce que je veux, je m'explique sans peine.
Loin de craindre en parlant l'embarras de mes
    sens,
Ie dy plus qu'il ne faut & plus que je ne sens.
Si je chante les faits de Cesar, d'Alexandre,
Ma Muse enfle son stile, & sçait se faire en-
    tendre.
Mon esprit tout en feu joint Phœbus dans les
    airs,
Et d'un brillant pompeux j'imite ses éclairs,

Pour Philis, pour Loüis, je me tais & j'admire
Ce que je puis penser, & que je ne puis dire.
J'attens pour en parler des termes faits ex-
    prez
Propres à ses vertus & propres à vos traits.

Voila dit Philemon à Be-
relie, ce que je voulois vous
faire remarquer. Ie trouve
quelque raport de cette penfée à la vôtre. L'Epiftre eft
un peu longue, vous ver-
rez le refte à vôtre loifir. Ie
fçay que vous n'aimez pas
extrememement les vers, je
craindrois de vous fatiguer,
fi je vous en lifois un fi
grand nombre. Dites, re-
pondit Berelie, que vous
avez vû plus d'une fois
cette Epiftre, Celinde &

vous. Il eſt juſte que je ne
donne pas tant à ma ſatiſ-
faction, que je n'aye quelque égard à la vôtre. Ce
commencement me laiſſe
quelque curioſité pour la
ſuite, & je vous avoüe déja, qu'à la place de la Dame, à qui l'Epiſtre s'adreſſe,
je ſerois bien ſenſible à une
pareille declaration. Ce ſont
là de ces choſes, que l'on
ne dit pas ſans les avoir
ſenties. L'eſprit ne va pas
là. Il faut que cela parte du
cœur Tout ce qu'on y pourroit ajoûter de fin & de bien
tourné, ne vaudroit peut-

estre pas ce qu'on y fait entendre. Et c'est encore un éloge pour le Roy qui en verité ne dit pas peu de chose.

Cet éloge me paroît d'autant plus beau, repondit Philemon, que je le trouve veritable. Sans écouter cette complaisance qu'ont toûjours de bons sujets pour tout ce qui regarde un si grand maistre; N'est il pas vray que l'idée qu'on a de tous les Heros, n'aproche point de celle là. J'adjoûteray un Madrigal d'un de mes meilleurs amis qui vient extremement à ma pensée.

M ij

Ie ne l'ay pas lû encore, re‑
partit Celinde, & vous m'ob‑
ligerez de me le dire. Le
voicy ſi je men ſouviens,
repliqua Philemon.

MADRIGAL.

Parmi les combatans,
　　depuis aſſez long‑temps ;
On cherche des Heros une image fidelle.
　　Loüis en donne le modelle,
　　Et l'on ny voit qu'un ſeul defaut.
Mais pour tous les Heros ce defaut eſt à craindre ;
　　C'eſt qu'il met le Heros ſi haut,
Que perſonne aprés luy, n'y pourra plus ateindre.

Cette penſée me paroît
ſi naturelle, dit Celinde, &
les vers luy donnent un
certain éclat ; qui me fait
vous demander puiſque
nous en ſommes ſur le goût,

d'où vient que la poësie
n'est guere plus du goût
des honnestes gens.

C'est que les Poëtes eux
même repondit Berelie,
n'ont guere de goût pour
la belle poësie. Rien au
monde ne prouve tant le
bon goût du siecle, que la
reflexion que vous venez de
faire. Les vers sont detesta-
bles, s'ils ne sont parfaitement beaux, & on en voit
si peu de ceux cy, que l'on ne
doit pas estre surpris que l'on
meprise les autres.

Nous avons vû des idilles
sur les moutons, sur les
fleurs & sur les oiseaux, qui

M iij

ont esté reçeues avec admi-
ration. Elles partoient d'u-
ne main maistresse. Tout
le monde à voulu les voir
plus d'une fois. On les a
aprises par cœur. On les a
traduites en plusieurs langues, & si toutes les poësies
du temps avoient du raport
à celles là, les vers seroient
toûjours à la mode.

Mais en verité il n'est plus
aisé d'écrire en vers. Le bon
goût du siecle a rendu la
poësie bien difficile. On n'y
soufre plus l'hyperbole, ny
les expressions un peu trop
hardies. La fiction même
n'y plaît point, si elle n'y

est bien dans la vray sem-
blance. On y veut à la fois
de la force & du brillant,
du bon sens & de l'esprit;
on y cherche principale-
ment une belle nature; nous
ne trouvons plus beau, que
ce qui est vray. Il n'est plus
permis à nos Poëtes de nous
peindre leurs chimeres. Il
faut pour nous plaire qu'ils
copient juste nos propres
sentimens. Tout ce qui
semble sortir de la nature
heurte nostre raison; nous
nous gendarmons d'abord,
nous devenons misantro-
pes, & nous répondons.

C n'eſt que jeu de mots, affectation pure ;
Et ce n'eſt pas ainſi que parle la nature.

Ie ſçavois bien que vous
nous citeriez Moliere , il
eſt de voſtre goût , dit
Celinde. Il eſt du gout de
tout le monde , repondit
Berelie, parce qu'il eſtoit luy
même de bon goût. Il a
bien connu ſon ſiecle. Il
en a reformé les meurs , &
il a corrigé les vices du
temps par les peintures qu'il
en a faites. Il entre d'une
maniere admirable dans le
ridicule des hommes. l'étu-
die ſes ouvrages plûtôt que
je ne les lis. Ils inſtruiſent
autant

autant qu'ils divertiſſent, &
nous voyons en effet que
ſes pieces toutes vieilles
qu'elles ſont, l'emportent
hautement ſur les nouvau-
tés dont on nous fatigue.

Perſonne ne s'aviſe de
diſputer cette preference à
Moliere, ajoûta Philemon,
& tout le monde convient
que la plus belle tirade des
pieces que nous eſtimons
le plus, ne vaut pas ce ſeul
vers du Cocu imaginaire.

*Elles font la ſottiſe & nous ſommes les
ſots.*

C'eſt que vous aimez le Co-
mique un peu plus que le ſe-
rieux, repartit Celinde. Na-

Tome I.   N

t'il pas raifon, repliqua Berelie. Il ne faut pas difputer des goûts, reprit Celinde. N'eftabliffez pas un pro-
verbe pour maxime, ré-
pondit Berelie. Ils font tous
faux pour l'ordinaire dans
le particulier, & pour celuy
que vous nous citez, vous
voulez bien que je vous dife,
qu'il n'y a peut-eftre rien
dans la vie dont il fallut
difputer d'avantage que des
goûts. Ce feroit je croy la
chofe du monde la plus cu-
rieufe, & la plus utile. On
y decouvriroit des veritez
qui inftruiroient autant
qu'elles pourroient plaire.

On declare souvent de mauvais goût des gens qui se trouveroient l'avoir bon aprés cette dispute. Vous sçavez que l'on blâme un homme de nostre connoissance, parce qu'il ne sçauroit aimer de jeunes personnes, & qu'il n'aime en effet que celles qui ne le font plus. Cela paroîtra toûjours d'un mauvais goût, dit Celinde, de quelque maniere qu'on le prenne. Ie ne suis nullement de vôtre avis, repartit Philemon. Ie voy l'adresse de Berelie, j'entre dans sa pensée, & je croy comme elle que la

grande jeuneſſe n'eſt pas
l'âge le plus propre à l'a-
mour.

Une belle paſſion ſoû-
tenuë de beaucoup de rai-
ſon & d'un peu d'experience a ſans doute de grands
charmes. On n'a ny cette
experience ny cette raiſon
quand on eſt bien jeune;
Et j'ajouteray une maxi-
me que je ne vous donne
pas pour inconteſtable,
mais que je vous donne
pour eſtre à moy. Ie ſuis
perſuadé que nos premie-
res inclinations ne ſont jamais les plus fortes, & qu'-
elles ne ſont jamais la plus

belle paſſion de nôtre vie.

Ne vous rendez pas pro-
pre cette maxime, répondit
Berelie. Ie croy y avoir autant de part que vous. De
la maniere qu'on en parle
on eſt bien innocent quand
on aime pour la premiere
fois. On n'aime avec eſprit
& avec raiſon que quand
on a déja aimé ; Et pour
moy je ne vous le cache
pas, ſi je voulois faire un
Amant, je voudrois que
ſon cœur ne fut pas neuf.
Ie ſerois bien aiſe qu'il eut
déja eſté pris , qu'il eut
aimé avec emportement &
avec conſtance , & je con-

N iij

terois pour un aussi grand
avantage , le pouvoir de
rompre ses premieres chai-
nes , que celuy de luy en
faire de nouvelles.

Comment vous accom-
moderiez vous avec cette
Dame dont tout le monde
connoît l'esprit & la deli-
catesse, qui donna pour devise à un des plus grands
Seigneurs de la Cour , un
bouclier tout blanc , sans
nulle peinture, & sans nulle figure , avec ce mot.
Cossi vol Amore.
Cette devise est fort belle,
reprit Berelie , je la regarde
comme une peinture fidelle

& naturelle du sentiment commun. Le mien est particulier, mais je vous avoüe aussi que si j'aimois je ne voudrois consulter que mon propre goût, & je ne voudrois nullement me regler sur celuy des autres.

Le vôtre est toûjours accompagné d'une raison si éclairée, repartit Philemon, que tout le monde le suivra sans peine. J'en serois bien fâchée, repliqua brusquement Berelie. Ie ne croy pas pouvoir servir de regle en rien, & je me croirois dans une furieuse contrainte, si je devois accommoder

N iiij

mon goût à celuy de tout
le monde.

Il est même à souhaiter
que les goûts ne se ressem-
bent pas. Cette difference
dans un état est un avan-
tage dont un grand politique ne se plaindra jamais.
On doit à la diversité des
goûts tous les grands hommes qui font le bonheur &
la gloire de leur siecle. Tel
qui excelle dans un art auroit esté fort mediocre dans
un autre, & nous connois-
sons de grands Docteurs qui
n'auroient pas esté des Guer-
riers du premier ordre. Ils
ont consulté leur goût, ils

l'ont fuivi , & ils l'ont pris
pour guide.

A vous entendre ajoûta
Celinde , les hommes les
plus raifonnables , doivent
abandonner leur conduite à
leur propre goût. En aviez
vous douté , reprit Berelie,
les gens raifonnables ont
toûjours le goût bon , puif-
que le bon goût n'eft qu'u-
ne raifon bien éclairée. Peut-
on fe conduire plus fage-
ment que par les lumieres
d'une raifon qui nous porte au bien & qui nous écarte du mal.

Ouy, pourfuivit elle, la
grande étude de toute forte

de gens devroit eftre, de fe
faire le goût bon, & de s'a-
bandonner aprés à fa con-
duite. Ie fçay qu'il eft aifé de
prendre le change. Un goût
peut eftre pris pour affez bon
quoy qu'il puiffe eftre fort
mauvais. Mais c'eft pour en
faire la jufte différence que
j'y demande de l'applica-
tion, car enfin en morale
& en politique, je permets
tout au bon goût, comme
je défens tout au mauvais.
Le goût eft indifferent de
luy même, les feules cir-
conftances l'accomodent ou
le gâtent. Et le fecret de le
rendre toûjours bon, c'eft

de l'attacher toûjours à de
bonnes chofes.

Voila une maxime bien
utile, dit Celinde ; ouy en
verité, repondit Philemon,
& je comprens par là qu'il
eft prefque libre de n'aimer
jamais que ce qu'on veut,
& ce qu'on doit. Nôtre
goût ne s'attache qu'au bien,
il faut pour le rendre bon
ne point confondre le bien
avec le mal, pour ne s'attacher qu'à un bien veri-
table.

On nous donne icy tous
les jours le plus beau fruit
du monde. Noftre goût s'en
accommode, mais il en feroit

bien-tôt rebuté , fi nous étions perfuadez qu'il renfermât quelque poifon. C'eft cela même , repondit Berelie, voila le moyen de fe détacher de quelque chofe, que de la regarder comme un mal, & c'eft le moyen de bien faire fon devoir, & de s'y plaire, que de le propofer à noftre goût, comme le plus grand avantage, où nous puiffions pretendre.

Mais il faut toûjours que noftre goût y entre pour quelque chofe. Et je voudrois qu'on n'entreprit jamais rien fans luy. Il doit

se mesler de nôtre repos,
il doit faire nôtre fortune,
il doit nous mener à nôtre
bonheur. Ce n'est que par
son secours que l'on doit
en esperer un solide & veritable. C'est luy qui doit
nous en montrer le che-
min, & on n'y arrive guere
quand on ne le prend pas
pour guide.

Ce seroit un sujet d'un
Entretien assez long , &
vous sçavez ajoûta t'elle,
que je ne m'accommode pas
de faire long temps la même chose ; Si vous aviez autant de plaisir à nous parler que nous en avons à

vous entendre, dit Celinde,
nos conversations seroient
bien longues. Mais il est
bien juste que le goût de
nos amis soit toûjours la
regle du nostre.

Cette maxime est belle,
& je devrois en profiter,
dit Berelie, mais je suis née
volontaire , & c'est avec
mes amis que je le parois le
plus. Ie ne me contrains
nullement avec eux. Ie leur
dy sans façon ce qui est de
mon goût, & ce qui n'en est
pas. Et pour ne point changer de conduite vous vou-
lez bien que je ne continuë
pas une conversation qui

commence à me fatiguer.

Leur Entretien finit là , & ils allerent voir ensemble de petits épaigneuls qui couroient un lievre dans un jardin.

LA COQUETTERIE.

IV. ENTRETIEN.

Elinde ne negligeoit rien de tout ce qui pouvoit rendre sa campagne agreable aux personnes qu'elle avoit eu le plaisir d'y attirer. Elle s'en faisoit un de les y bien divertir, & elle avoit le bonheur d'y reussir, au gré de tout le monde.

La chasse de l'écureüil estoit fort de leur goût. Berelie, y prenoit un plaisir

extreme

extreme , & quoy que ce
divertiſſement ne ſoit jamais ſi agreable qu'en hiver,
lorſque les arbres ont perdu
les feüilles , dont ces petits
animaux ſçavent ſi bien ſe
couvrir , on ne laiſſoit pas
de s'y plaire.

Cet exercice demande un
peu d'action , Berelie s'ha-
bila en Amaſone , pour
eſtre moins contrainte , &
cet air modeſte & rétenu,
qui luy eſt ſi naturel , pa-
roiſſoit extremement ani-
mé par la liberté que donnent aux femmes le Ju-
ſteaucorps, la Cravate , les
Cheveux naturels en forme

Tome I.   O

de Perruque, & le Chapeau
bien garni de plumes.

Philemon en parût tou-
ché. Ie ne sçaurois le taire
plus long tems, dit-il aprés
l'avoir un peu examinée; je
n'ay jamais vû de coquette
qui avec si peu d'envie d'en
profiter, ait autant que
vous, le secret & le desir
de plaire. Vous avez trop
bonne opinion de moy,
repartit Berelie, & vous
estes sans doute bien surpris, d'entendre un remer-
ciment, lorsque vous cro-
yez me dire une injure.

Vous en croirez ce qu'il
vous plaira, mais à mon

fens, il n'apartient pas à tout le monde d'eſtre co-quet. C'eſt un talent qui ſuppoſe trop de bonnes choſes Tout le monde s'en pique, & tous les ſemblans que l'on fait pour ſe défen-dre de la coquetterie, ne ſont qu'autant de moyens de s'en ſervir.

Que l'on eſt heureux, dit Celinde, d'eſtre né avec un eſprit tourné à la raillerie. On rit de tout. On ſe joüe ſur la moindre choſe, & on a le ſecret de ſe faire un honneur des mêmes diſcours qui avec raiſon pourroient choquer le reſte du monde.

O ij

Seriez vous affez bonne, reprit Berelie, pour croire que la coquetterie foit un defaut, & donneriez vous dans une prevention que je ne pardonne au peuple que parce qu'il n'eft pas capable d'en revenir? Quoy vous parlez tout de bon? s'efcria Celinde. Ie le dy comme je le penfe, repliqua Berelie. La coquetterie eft une vertu, bien loin d'eftre un defaut, & vous feriez bientôt de mon avis, fi vous eftiez moins prevenue. Pour moy, dit gayement Philemon, j'avoüe par avance que vos raifons font bon-

nes ; & je suis de vôtre avis.
Nous pourrions estre vous
& moy d'un avis bien dif-
ferent, en disant les mêmes
choses, repondit Berelie.

Mais pour bien nous en-
tendre, souvenez vous, que
nous ne parlons icy que de
la seule coquetterie, & lorsque je fais son apologie, je
ne pretens pas justifier les
vices qui peuvent s'en servir comme d'un masque.
Ie sçay que bien des gens
en abusent ; mais de quoy
n'abuse t'on pas dans la vie.
Le mauvais usage que l'on
fait souvent de la bravoure,
ne suffit pas , pour la faire

condamner dans tous les
braves , & je ne croy pas
que l'on pût s'aviser de
blâmer la prudence , parce
qu'elle produit quelquefois
la lacheté. Ie ne suis pas
garand de la conduite de
toutes les coquettes ; nous
en connoissons que tout le
monde doit blamer. Mais
les fautes sont personnelles,
& ce n'est nullement celles-
là que je veux justifier. Ie
regarde la coquetterie en
elle même , & je ne m'a-
tache qu'à l'usage que les
personnes raisonnables en
peuvent faire. Le soin de
gagner des cœurs , le desir

de plaire, & l'empreſſement
d'y reuſſir, ne ſont pas à
mon avis de fort grands
crimes. Si vous le portez
plus loin, je n'en ſuis plus.
C'eſt aller tout à coup d'un
Chapitre à l'autre. La coquetterie n'a pour but que
de plaire. Ie ſçay encore
une fois que le libertinage
la peut faire ſervir à ſes de-
reglemens. Mais la lacheté
peut ſe ſervir auſſi de la
prudence.

Les honneſtes coquettes
qui ſont celles dont nous
parlons n'en veulent qu'à
l'eſtime, & quelquefois à
la tendreſſe de la pluſpart

des gens. Elles gagnent
celles des autres fans donner la leur. Un foin fi
étendu conferve toûjours
leur cœur dans fa liberté.
Sans autre detour avoüez
qu'il n'eft rien de fi joli
que de plaire à tout le monde. Quand ce ne feroit pas
une vertu d'y pretendre, ce
feroit toûjours ûn plaifir d'y
reuffir.

Mais vous femble-t'il, luy
dit Celinde, que vos co-
quettes ayent toûjours un
fuccez avantageux dans
leurs deffeins? Ie connois
des gens qui ne font pas en
cela de vôtre gout, & qui
ne

ne sçauroient souffrir les coquetes. Tantpis pour eux, repondit Berelie, vous ne faites pas l'éloge de ces gens là ; & s'ils sont d'un si méchant goût, je ne sçay si on peut les souffrir eux même.

Parlons en de bonne foy, & dites moy naturellement, si l'on trouve des societez plus agreables que celles des coquetes. Elles vous loüent de tout , & ne vous bla-ment de rien. L'interest qu'elles ont que leur con-duite soit approuvée , ne leur permet pas de con-damner ny de critiquer cel-

le des autres. La fatyre leur
paroît affreufe. Elles ne
fçavent ce que c'eft que de
dire des duretez. Elles ne
connoiffent tout au plus
que ces petites malices que
l'on peut appeller des bon-
tez, avec plus de raifon. Si
elles font de ces allufions,
que permet une innocente
raillerie, c'eft pluftôt pour
obliger quelqu'un, que pour
choquer perfonne.

Les coquetes, dit Celin-
de, ne font pas toûjours
auffi charitables que vous
nous les depéignez. On voit
affez fouvent qu'elles ne
font pas fachées de tour-

ner les autres en ridicule;
elles menagent à la verité
ceux qui font prefents ; mais
les abfens ne font guere
épargnez en échange. Elles
fe jettent fur leurs defauts,
leur converfation roule toûjours fur quelque belle dont
elles veulent détruire le
pouvoir. Leur jaloufie eft
univerfelle , elles veulent
avoir elles feules de l'efprit,
du merite , de l'agrément
& de la beauté. Ce n'eft
guere les obliger , que de
leur faire remarquer , que
d'autres perfonnes ont des
charmes. Que me dites vous
là, repartit Berelie. Ce por-

trait ne leur reſſemble guere. Elles ne ſçauroient déja
s'oppoſer à ce que d'autres
ont remarqué , ſans ſortir
de leur caractere , & de
leur humeur. On ne les a
jamais accuſées d'avoir un
eſprit contrariant. Leur
complaiſance eſt achevée,
& l'on ne ſçauroit y rien
ajoûter.

Il ſuffit qu'on leur diſe
qu'une femme eſt belle
pour leur faire avoüer qu'elle a en effet des charmes
ſurprenans ; elles en diſent
toûjours plus de bien qu'un
autre , & ſi elles ne com-
mencent pas l'éloge ; elles

le finiffent pour le moins.
Il eft vray, ajoûta Celindè,
qu'elles ne s'oppofent pas
ouvertement à tout ce que
l'on en dit davantageux. Elles y ajoûtent même quel-
que chofe, mais ce qu'elles
y mettent du leur, a toû-
jours le pouvoir d'en diminuer le merite & de rendre
tout le refte fufpect. Ouy
difent elles vous avez raifon d'en parler ainfi. C'eft
la plus aimable perfonne
du monde. Elle a mille
bonnes qualitez, tout le
monde luy trouve de l'efprit,
& il faut ne l'avoir pas veüe
pour douter de fon agré-

ment & de fa beauté. Elle
a la taille libre, l'air aifé,
& la demarche noble. C'eft
dommage, ajoûtent elles,
qu'elle n'ait la gorge un
peu plus fournie, le dos
plus plat, & les regards
moins concertés. Elles ont
toûjours de petits retours
qui empoifonnent leurs
loüanges.

Il paroît bien que vous
leur en voulez, dit Berelie.
Il n'eft pas facile de vous
tirer de vôtre prevention, &
vous empoifonnez vous
même ce qu'elles ont de
plus innocent. Si les Co-
quetes font des reflexions

sur les defauts des autres femmes , elles ne parlent du moins que de ceux que tout le monde peut bien remarquer. Elles ne decourent rien de caché, & il est de leur interest de n'aprendre point aux hommes, qu'il y a des beautez trompeuses qui cachent souvent de grands defauts. Elles ont trop de soin d'éloigner le soubçon que l'on pourroit avoir, que ce qu'elles ont de charmes ne soit pas naturel.

La Coqueterie est un art qui tout puissant qu'il est, n'a plus nul pouvoir, dez

qu'il se montre. Il ne sçauroit produire de grands effets que pendant qu'il est
caché , & il se détruiroit
luy même , s'il découvroit
ses rufes & ses detours. Le
premier foin des coquetes
est d'en éloigner la seule
idée. Ce ne seroit guere cacher leur artifice que de le
faire remarquer ailleurs. Elles craindroient avec raison
que l'on ne se servit de
leurs propres reflexions contre elles mêmes. En un mot,
les Coquetes sont un peu
trop habiles , pour décrier
leur art, & on jugeroit par
leurs discours , qu'elles ig-

norent de la Coquetterie
jufques au nom. Ce n'eſt
pas que dans le fond elles
ne ſe faſſent un bonheur
d'eſtre Coquettes. Elles ſe
font même un plaiſir de le
paroître quelquefois, pourveu qu'on ne raiſonne pas
ſur l'art qui ſoutient, leurs
mines, leurs détours, &
leurs manieres. Elles ſçavent
qu'il n'y a rien de beau que
ce qui eſt naturel, & que l'artifice ne plaît jamaiss 'il ne
trouve du moins un pre-
texte dans la nature. Elles
ménagent auſſi leurs petites
façons autant que leurs
actions, & pour ne rien fai-

re d'inutile, elles font toûjours un juste choix des temps, des lieux & des personnes.

Comme je suis de vôtre avis, dit Philemon, & que la Coqueterie me paroît la vertu du monde la plus jollie & la plus commode, vous voulez bien que je vous dise icy, que vous avez tort d'obliger les gens à s'en cacher. Ne seroit il pas mieux d'en convenir de bonne foy, & a-t'on un interest si grand de s'en défendre. C'est que la modestie des Coquetes, reprit Celinde en souriant,

ne souffre pas volontiers
qu'on les loüe, & qu'on leur
donne de l'encens. Elles crai-
gnent les loüanges; & la fra-
yeur dessuyer des éloges les
oblige sans doute de de-
guiser ce qu'elles ont de bonnes qualitez. Vous croyez
donc, luy repartit Berelie,
qu'elles fassent parade de
leur merite. Sur le ton railleur que vous le prenez on
voit bien que vous ne les
croyez pas fort modestes.
Elles le sont cependant, &
quand elles n'auroient pas
naturellement beaucoup de
modestie, elles en fein-
droient du moins, pour

avoir lieu de pretendre à cette eftime qui fait tous leurs empreffemens. Vous avez beau vous dechainer contre elles ; quoy que vous en puiffiez dire, elles veulent eftre eftimées des honneftes gens. Elles n'oublient rien pour arriver à cette gloire. Ce n'eft jamais par des defauts que l'on y parvient, & il eft rare que l'on merite du mépris, par les moyens dont on fe fert pour s'acquerir une veritable eftime. Cela fuffiroit pour vous faire avoüer que la Coqueterie ne fuppofe pas de grands defauts.

Mais il faut vous faire voir
qu'elle est la preuve d'une
veritable sagesse. J'avoüray
du moins, repliqua Celinde,
que ce que vous en ditez
est fort nouveau. Il n'est
pas moins veritable , repartit Berelie. Si d'autres ne
l'ont pas dit avant moy,
c'est qu'ils n'ont peuteftre
pas remarqué , qu'une jeune femme n'est jamais plus
fage, que lors qu'elle peut
vivre fans attachement. Elle rafine fur la fageffe, lorfqu'elle goûte fans rifque &
fans embarras tout ce qu'a
de plus doux le bonheur de
plaire. Faites en l'applica-

tion aux coquetes , vous
la trouverez juste. Elles cef-
fent d'estre ce qu'elles font,
dés qu'elles ne font plus in-
differentes. Rien ne les attache & tout leur est bon.
Tout ce qui va à leur gloire
ou à leur repos , peut leur
donner des foins, mais ces
foins ne font jamais fuivis
de nulle peine. Elles fe con-
tentent elles mêmes & c'est
beaucoup. Les temoignages
d'attachement & d'estime
qu'on leur donne affez fouvent , leur font fentir que
leurs petites façons ne font
pas inutiles. On leur rend
conte de leurs fuccés , &

perfonne ne s'avife de les
avertir de leurs pertes.

Ie l'avoüe, dit Celinde,
elles ignorent leurs difgra-
ces; elles ne fçavent pas les
jugemens que l'on en fait.
Elles fe perfuadent même
qu'on les adore lorfqu'on
n'a pour elles que du mé-
pris. Leur preoccupation
leur eft d'un grand ufage,
& parce qu'elles ne negli-
gent rien pour plaire, elles
croyent y reuffir.

Mais dites moy je vous
prie, pourfuivit elle, parmi
tant des gens qu'elles veulent s'attacher, ne trouvent
elles pas quelqu'un qui les

attache ? est ce une marque d'indifference , qu'un empressement de se faire aimer? Elles sont mille fois plus heureuses, repondit Berelie, lorsqu'elles peuvent sentir, ce qu'elles veulent inspirer aux autres. Elles se mettent par là en occasion de goûter tous les jours, les douceurs de l'inconstance, & la facilité qu'elles ont de changer d'objet, doit sans doute leur en estre une de s'engager.

Comment , s'écria Celinde , prendrez vous encore l'inconstance pour une vertu, comme vous en parlez

lez, vous n'en blamez pas la
pratique. Ie la trouve loüa
-ble, repliqua Berelie , & je
la conseillerois à tout le
monde. Il n'est rien de si
doux que d'estre inconstant.
Le changement plaît en
toutes choses. Changer de
peine , est une maniere de
plaisir, & changer de plai .
sir est un grand charme. Celuy que l'on prend a toû-
jours la grace de la nou-
veauté, c'est un enchantement que ne sçauroit avoir
le plaisir que l'on quitte.

Si vous estiez aussi habile en amour que vous l'estes
en tout autre chose ; inter-

Tome I.   Q

rompit Philemon , vous
fçauriez que la grace de la
nouveauté peut estre attachée à la constance. On peut
sans changer d'objet goûter tous les jours des douceurs nouvelles , & lorsque
la tendresse est parfaite, on
trouve toûjours des charmes
nouveaux. On ressent les
mêmes plaisirs d'une maniere differente , & enfin ,
quand on aime bien on a
tout le merite de la constance avec le bonheur des
inconstans. Vous estes de
trop bon goût , pour estre
capable de cette prevention,
dit Berelie. La constance

n'eft plus la vertu des honneftes gens; elle l'eftoit autrefois, mais tout change.
Chaque chofe a fon temps
comme vous fçavez. On ne
fe picque pas dans ce fiecle
de n'aimer qu'une perfonne
en la vie. On en aime mê-
me plufieurs à la fois, &
c'eft ce que j'y trouve de
mauvais. Car à vous dire le
vray, bien loin de blamer un
Amant qui quitte une mai-
treffe, pour en faire une
autre de nouveau, j'en loüe
la fageffe & la conduite; &
pour moy, fans déguife-
ment, j'aimerois toûjours
mieux un inconftant qu'un

Q ij

autre. Chacun a ſon goût.
C'eſt le mien, & il me paroît bien conforme à la
raiſon.

Ie ne ſçay, s'écria Celinde, ſi c'eſt là encore une
des maximes des coquetes;
mais je ſçay bien qu'il n'y
a rien de ſi Coquet, que
cette reflexion. C'eſt avertir finement ceux qui ſçavent bien aimer, qu'ils ſe-
ront toûjours bien reçeus,
s'ils veulent faire l'épreuve
d'une paſſion nouvelle C'eſt
les pouſſer à un engage-
ment commode. Et j'aime-
rois preſque autant qu'on
leur parlat clairement, &

qu'on leur dit Amans y voulez vous songer. Déchainez
vous à vôtre ordinaire contre les coquettes, reprit Berelie. C'est assurement une
de leurs maximes, & je la
trouve si raisonnable, que
je vous conseille de la prendre comme moy.

N'est il pas vray, conti-
nua t'elle, que pour bien
aimer quelqu'un, il faut le
croire commode, avenant,
d'un humeur tranquile, d'un
cœur paisible, & d'un esprit
qui se possede. Ce ne sont
pas assurement les qualitez
d'un homme si prevenu de
ses sentimens, qu'il s'en

Q iij

tient toûjours aux premiers, fans en vouloir même é-couter d'autres. Une pareille preoccupation fuppofe un enteftement bien grand. Et je voudrois que les gens raifonnables ne fuffent ja-mais enteftez de rien On re-nonce à la raifon, dés qu'on renonce à la liberté. Sur cette regle j'aurois de la pei-ne à croire qu'une conftan-ce opiniatre puiffe paffer pour une vertu. Pour en rendre la pratique loüable, il faudroit une liberté du choix, qu'un homme en-tefté ne fçait guere con-ferver

La conſtance d'un hom-
me qui ne ſçauroit changer,
merite telle des éloges. Pas
davantage ce me ſemble,
qu'en merite une femme
qui n'eſt ſage, que parce-
que perſonne n'attaque ſa
vertu. La Conſtance n'eſt
ſouvent qu'une pareſſe,
qu'un defaut d'application,
ou de bon goût. On n'eſt
bien conſtant, que lorſ-
qu'on ſe limite, à ce que
l'on à déja, & il eſt ſi peu
naturel à un cœur de ſe
borner ſi facilement, qu'il
doit renoncer à tout ce qui
s'appelle raiſon & gloire; ſi
la poſſeſſion d'un bien ne

luy eſt toûjours un nou-
veau motif pour en cher-
cher un autre.

Croyez moy, continua-
t'elle, il faut eſtre un peu
ſot pour eſtre toûjours conſtant, il faut ne pas connoître ſon bonheur, & ne
pas ſentir ce qui s'y oppoſe.
Les choſes où l'on eſt le plus
accoûtumé, ne ſont pas
celles qui touchent davantage. Un plaiſir devient
quelquefois une peine dans
ſon progrez. Il n'eſt bien
charmant que quand il commence, & c'eſt ſe preparer
à un mal veritable que d'attendre la fin d'un bien. Il
n'apar-

n'apartient qu'aux veritables inconſtans de goûter toûjours des douceurs nouvelles, & d'eſtre toûjours heureux, & je vous aſſure que je haïrois un peu moins l'amour, ſi j'eſperois de pouvoir eſtre inconſtante. Sans mentir vous eſtes incomprehenſible, dit Celinde, & ſi vous penſez ce que vous dites, on n'a jamais vû un eſprit auſſi gâté. Pour moy, repartit Philemon, je ne doute nullement qu'elle ne le penſe, l'experience & la raiſon ſont pour elle.

Les Philoſophes les plus ſeveres ont toûjours eſté,

Tome I.   R

de cet avis. Ils ont eſtabli
pour maxime qu'un long
uſage fait une maniere d'en-
durciſſement , & que les
choſes où l'on eſt accoûtumé ne produiſent plus de
paſſion dans l'ame. Vos
Philoſophes ne ſont guere
ſages, repliqua Celinde. Ie
n'ay point trop de defferen-
ce pour leur ſentiment. Cette morale me paroît perni-
tieuſe , & j'en laiſſe la pratique à Berelie & aux co-
quetes. Elle veut bien que
je la mette avec elles puiſqu'elle s'en accommode
tant.

Vous m'obligez ſenſible-

ment, repondit Berelie. I'aime affurement les coque-
tes, je recherche leur focieté, je me ferois un bonheur d'y eftre toûjours. Les
femmes qui le font un peu
ont de grandes difpofitions
à eftre bientôt mes amies. Ie
ne vois rien de fi joli, ny
de fi commode qu'une Co-
quete, & fi vous l'eftiez
vous même je vous en ai-
merois quatre fois mieux. Ie
fuis fort obligée à vos fou-
haits, repartit Celinde, mais
vous nous depeignez cet état
avec des avantages qui ne
me laiffent guere la force d'y
pretendre. Ie vous y cede

R ij

tous mes droits , & il vous
est permis d'estre coquete
vous seule pour nous deux.
On a assez à faire de l'estre
pour soy même , repliqua
Berelie , & on n'a point
d'exemple qu'en cela on se
serve mutuellement. La
chose en sera plus nouvelle , dit Celinde , & vous
aimez tant la nouveauté,
que vous pourrez me ren-
dre ce service avec moins
de peine. Ie vous conseille,
repondit Berelie , de vous
en mesler vous même , &
de ne vous en remettre à
personne. Vous y avez plus
de disposition que vous ne

croyez. C'eſt déja une Coqueterie en vous de vous
en defendre , comme c'en
eſt une en moy d'en pren-
dre le parti. Ah vrayment
je vous aime d'en convenir
de bonne foy , s'écria Celinde. Mais s'il m'eſt permis de raiſonner , la Co-
queterie a ſes veües. Vous
nous avez aſſez dit quel eſt
ſon bût. Si elle en veut aux
cœurs , je ne ſçay ſi c'eſt le
mien ſeulement que le vô-
tre cherche. Ie croiray
pourtant pour vous faire
plaiſir que vous n'en voulez qu'à ma liberté , & que
vous n'avez nulle penſée

R iij

d'attaquer celle d'un autre.
Laiſſez aller vôtre jugement
où vôtre raiſon le porte, die
Berelie, je ne vous dediray
de rien. Quand j'en vou-
drois à quelqu'autre liberté
qu'à la vôtre, j'ay ſi bonne
envie de conſerver toûjours
la mienne, que l'on ne riſ-
queroit rien avec moy, &
c'eſt un avantage qu'ont
toûjours ceux qui s'attachent
aux veritables coquetes.
Vous voulez donc, repon-
dit Celinde, que les Amans
ſe faſſent un avantage de
ce qui fait leur tourment.
Vous croyez encore qu'il
eſt permis de ſe contenter

au dépens des autres, & qu'il
n'eſt pas defendu aux co-
quetes de ſe rendre heu-
reuſes en faiſant des mal-
heureux.

Vous vous trompez , re-
partit Berelie , les Amans
ne ſont pas mal-heureux,
pour n'eſtre pas aimez. Leur
bonheur eſt attaché à leur
propre tendreſſe. Ils ont la
deſſus de trop beaux ſentimens , & pour peu que vous
vouliez les écouter , ils vous
diront que leurs tourmens
ont des charmes , que leurs
peines ont des douceurs , &
qu'ils ſont trop heureux de
fçavoir ſeulement qu'ils

R iiij

souffrent pour un objet aimable. Les hommes font
plus delicats que vous ne
penfez. Ils feroient peu
contans d'eux mêmes, s'ils
n'aimoient que lorfqu'ils
font aimez. Ils ne font bien
fatisfaits que lorfqu'ils fçavent adorer fans qu'on les
aime. Leur delicateffe veut
qu'ils en faffent tous les
frais. Ils ne fe reglent que
fur l'amour qu'ils fentent,
& nullement fur celuy qu'ils
peuvent infpirer. L'efpoir n'y
entre pour rien, & ce n'eft
jamais par des rebuts qu'on
les rebute. Ie croy que Philemon ne feroit pas de vô-

tre avis , interrompit Celinde, de l'humeur dont je
le connois il ne voudroit
pas soupirer à credit , &
j'ay quelque peine à croire
qu'il fût contant d'une belle qui en voudroit à sa liberté de cette maniere là,
& qui pretendroit luy plaire sans l'aimer.

Pardonnez moy , dit Phi-
lemon, de quelque manie-
re que ce soit , je me croiray toûjours obligé à une
personne qui pourra m'inspirer de la tendresse. Elle
me fera toûjours sentir ce
que la vie a de plus dous ,
& un plaisir si grand doit

bien meriter quelque re-
connoiſſance. Sur quelque
ton railleur que vous le
preniez, dit il à Berelie, un
homme qui ſent de l'amour,
n'eſt pas tout a fait à plein-
dre. S'il eſt mal heureux,
s'il aime ſans eſpoir, & ſans
retour, s'il a de la peine, il a
toûjours quelque choſe qui
luy fait ſentir qu'il a dans
luy même un principe d'un
vray bonheur. L'amour n'a
point de maux qui ne puiſ-
ſent eſtre adoucis par des
douceurs ſenſibles , & au
ſacrifice prez que les Coquetes font ſouvent de
leurs Amans , il n'eſt rien

que je ne voulusse leur par-
donner, si quelqu'une d'elles vouloit me plaire. Ie
souffrirois leurs rebuts &
leurs mépris. l'excuserois
leur facilité & leur inconstance. l'accommoderois ma
tendresse à leur humeur.
Mais je ne sçaurois souffrir
ny excuser, qu'aprés avoir
fait un aveü sincere de tout
ce que je sentirois, on allast
me sacrifier au premier
venu.

C'est là cependant la conduite ordinaire des Coquetes. Le sacrifice qu'elles font
d'un cœur leur sert pour en
gagner un autre. Quoy

qu'elles tirent quelque pro-
fit de ce commerce, avoüez
moy qu'elles ne ménagent
pas trop leur gloire en cet
endroit. Ie ne vous passeray
point cela, repondit Berelie, elles ne sçauroient sacrifier un Amant, sans se
sacrifier elles mêmes. Cette
confidence suppose trop d'a-
mour, & il est de leur interest autant que de leur
goût, de ne pas faire voir
qu'elles en prénent, lors même qu'elles veulent en donner. Elles n'ont plus leur
liberté, lorsqu'elles font ces
sacrifices. Leur cœur est pris,
elles ne font plus coquetes.

Elles mettent pour lors à captiver un seul Amant, ces mêmes soins qu'elles, ont employez pour en gagner plusieurs, & ce n'est pas là un petit avantage pour qui aime bien , que de se voir aimé de cette façon.

Pour moy, continua t'elle, je suis si persuadée qu'elles aiment mieux que les autres , que si j'étois homme, & que j'eusse la liberté de me faire un engagement à mon choix , je ne m'attacherois jamais qu'à une coquete. Pour peu que j'en fusse aimé, je croirois l'estre

cent fois plus qu'ailleurs.
Mais la chofe eft fans doute égale, repartit Philemon.
Vous pouvez avoir le mê-
me plaifir fans changer de
fexe, vous n'avez qu'à vous
attacher à un Coquet.

La difference en eft grande , repliqua Berelie. La
Coqueterie fait voir dans
un homme autant de de-
fauts , qu'elle fuppofe de
perfections dans une fem-
me. Vous en parlez fi fe-
rieufement , dit Celinde,
que je vous croy perfuadée,
& ma repugnance cederoit
à vôtre perfuafion , fi en
parlant d'une efpece de Co-

queterie que l'on peut suivre, vous me faisiez voir
celle que l'on doit éviter.
Ie ne suis pas la seule qui
distingue ces deux sortes de
coqueterie, repondit Bere-
lic. Tout le monde en fait
la difference aussi bien que
moy. On dira tous les jours
à une jeune & belle per-
sonne pour la loüer, vous
estes une petite Coquete.
Vous aimez la Coqueterie.
Vous y donnez, & cent
choses pareilles, que l'on
ne dit aux gens que parce
que l'on croit les obliger.
On s'en fait honneur en
effet, & il n'y a point de

femme qui ne veüille eſtre
appellée Coquete , ſur ce
ton. Vous voyez bien que
ce terme n'eſt pas toûjours
attaché à une idée de mé-
pris, & qu'il n'eſt pas toûjours une injure. Mais il
l'eſt quelque-fois. On dit
tous les jours , d'une femme dont on veut decrier la
conduite , c'eſt une Co-
quete. Ce n'eſt plus une
loüange dans ce ſens , c'eſt
une injure , mais la Coqueterie n'eſt pour lors qu'un
terme honneſte dont on ſe
ſert pour faire entendre
quelque choſe de plus mauvais. La politeſſe & la bien-
ſeancee

féance ne permettent pas de
fe fervir d'un mot qui blef-
fe les oreilles. On trouve le
fecret d'adoucir les termes ,
fans rien diminuer de l'idée
que l'on en veut donner.
Car enfin la Coqueterie
n'eft qu'un defir de plaire,
& l'injure que l'on y attache par le ton , va infiniment plus loin. Cette der-
niere forte de Coqueterie
ne s'arrefte pas au feul defir
de fe faire aimer. Elle fort
du devoir , elle heurte la raifon , & l'affectation éter-
nelle qui l'accompagne la
fait même condamner de
ceux qui auroient le plus

Tome I.   S

d'intereſt d'en approuver
le deſſein & l'uſage. Mais
encore une fois, c'eſt changer de termes, c'eſt donner
le nom de Coqueterie à ce
qui ne l'eſt pas, & ce n'eſt
tout au plus qu'une meta-
phore qui a dans le figuré
un ſens bien different du
propre.

Vous mettez une ſi gran-
de difference, dit Celinde,
entre la Coqueterie que
vous loüez & celle que je
blâme, que je puis ſuivre
vos conſeils ſans changer de
conduite. Ie ne veux pas
vous le cacher, vous en parlez ſi raiſonnablement que

vous me donnez une veri-
table envie d'estre Coquete ; mais il ne suffit pas de
m'en donner le desir, il faut
m'en faciliter la pratique ;
& voulant donner dans la
Coqueterie, j'attens de vous
les moyens de m'en servir
avec succez.

Ce que vous me demen-
dez là , n'est pas trop facile , repartit Berelie. Mais
quoy que selon les apparences vous en sçachiez plus
que moy , je veux bien sans
façon vous faire part des
reflexions que j'ay pû faire
sur ce chapitre.

Le sçavoir faire doit estre

à mon avis la premiere étude d'une Coquete. Elle doit sçavoir son monde & se connoître finement en gens. Il faut étudier avec soin ceux à qui on veut plaire. Il faut gagner leur cœur par leur raison, il faut entrer dans leur goût pour entrer dans leur tendresse. Cette maxime va loin, les gens de cour n'en ont guere moins à faire que les Amans. Mais les uns ne doivent pas estre moins politiques que les autres. Il n'est guere plus aisé de faire la Cour à une belle maîtresse qu'à un maître puissant.

Du moins faut il un peu plus de sincerité pour la tendreffe que pour la Cour, dit Celinde. Ce feroit une queftion à examiner, repondit Berelie , fi la sincerité eft une vertu dont il faille toûjours fe piquer. Ie doute qu'une honnefte femme doive faire profeffion d'eftre fincere ; mais je fçay bien que les Coquetes renoncent avec raifon à cette qualité. Elle leur feroit inutile, elles en aiment les apparences & le nom , mais elles en évitent la pratique. En effet, reprit Celinde, la politique & la bonne foy ne font pas

faites pour eſtre enſemble.
Les ruſes & les détours dont
les Coquetes ſont obligées
de ſe ſervir les diſpenſent
en tout temps d'eſtre ſin-
ceres. Donnez ſi vous voulez à leur complaiſance, repartit Berelie , le nom de
politique , il eſt toûjours
vray que l'eſprit des Co-
quetes reſſemble ſi peu à
celuy du reſte du monde,
qu'elles ſont infiniment plus
occupées de ce que les autres penſent que de ce qu'elles penſent elles même. Elles
n'appuyent jamais ſur leur
propre ſentiment ; elles ſont
toûjours de l'avis de ceux

avec qui elles parlent. Elles
donnent dans leur fens , &
elles sçavent bien que leur
affaire eft de toucher & non
pas d'inftruire. Ie vou-
drois donc qu'une honnefte
femme pour devenir Co-
quete commençaft toûjours
par examiner les difpofi-
tions des cœurs qu'elle veut
toucher. Les uns fe laiffent
prendre par une grande re-
tenuë , les autres par une
honnefte liberté. Ceux qui
ont le plus d'enjoûment ne
font pas toûjours ceux qui
aiment davantage les per-
fonnes les plus enjoûées.
Les grandes referves ne plai-

fent pas toûjours aux A-
mans les plus retenus. La
fimpatie n'eft pas toûjours
l'effet d'une humeur pareille.
Les gens les plus emportez
ont fouvent les maiftreffes
du monde les plus douces.
Les blondes ne font pas
toûjours au gré des blonds,
& les bruns n'aiment pas
auffi toûjours les brunes.

Mais tous les Amans ont
du moins cela de commun,
qu'ils veulent qu'une femme foit toûjours femme.
Ils pardonneroient plûtôt
des fautes horribles à une
maiftreffe, qu'ils n'excufe-
roient de legers défauts qui
feroient

feroient oppofez aux vertus du fexe. Ce que vous dites là a beaucoup de raifon, ajoûta Philemon. Il n'eſt rien de plus veritable. Tout le monde l'a penſé, & peu de gens cependant l'ont auſſi bien remarqué que vous. Il eſt certain qu'une femme ne ſçauroit rien af-fecter aux yeux d'un hom-me, qui égale l'avantage de paroître femme. C'eſt là ſa plus belle qualité, tout le reſte eſt infuportable , & dés qu'elle fort, des manie-res, des actions, des difcours & des vertus du fexe , un homme ne ſçauroit plus la fouffrir. Ie loüe fort les hommes d'eftre de ce goût là , repartit Celinde. Une femme à bien affez de ver- tus à foûtenir, & pour peu qu'elle foit attachée à fon devoir, elle fe trouvera fans doute affez occupée. Si tou- tes les regles de la Coque- terie font auffi raifonnables que celle-là, je me fçay bon gré d'avoir eu envie d'ê- tre Coquete; Et fur ce pied là, je confeillerois à toutes les femmes de bien , de changer de pratique & de ne point s'arréter à des ma- ximes qui fortent de la rai- fon pour eftre trop raifon- nables.

Ie prétens bien aussi, reprit Berelie, qu'une hon-
nête femme ne sçauroit
mieux faire que d'estre un
peu Coquete. Le desir de
plaire est une grande disposition à la vertu, & le soin
d'y reussir oblige à éviter
tout ce qui s'appelle défaut.
De quelque maniere qu'on
le prenne, on ne méprise
jamais la vertu & on n'estime jamais le vice. Sur cette regle je permets tout aux
coquetes, pourveu qu'elles
gagnent l'estime de leurs A-
mans, & je voudrois qu'elles peussent bien se souve-
nir, que l'on ne rétient les

cœurs que par les mêmes
moyens dont on se sert
pour les prendre. L'amour
change moins que son ob-
jet, on peut avoir souvent
le même Amour sans aimer
pour cela la même personne.
On aime toûjours ce qu'on
a bien aimé. L'inconstance
des Amans suppose toû-
jours quelque changement
dans leur maîtresse ; Et si
les femmes étoient un peu
plus sages, les hommes feroient un peu moins in-
constans.

Il faut regler leurs senti-
timens sur les nôtres. Ils
doivent cesser de nous esti-

mer, si nous pouvons ces-
ser de nous estimer nous
même. Ils ne sont pas in-
grats quand nous ne leur
donnons pas occasion de
l'estre.

C'est aussi un défaut que
les coquetes ne connois-
sent pas dans leurs Amans.
Elles gardent avec eux une
conduite delicate. Elles ne
sont pas exposées à des
grands repentirs , parce
qu'elles ne font pas de grandes avences. En un mot,
elles se conduisent quand
elles ont plû , comme elles
se conduisoient quand elles
vouloient plaire. C'est là à

mon avis la plus grande de-
licateſſe de cet art. Ie vous
entends dit Celinde , & je
croy comme vous que le
changement de nôtre con-
duite, eſt pour l'ordinaire,
l'unique ſujet de l'incon-
ſtance de nos Amans.

Ie ne doute pas même,
qu'une femme ne plût toû-
jours à ſon mari , ſi elle a
pû une fois luy plaire,
pourvû qu'elle ſe ſouvint
toûjours de la pratique de
ces maximes auſteres, dont
les femmes ne doivent ja-
mais ſe diſpenſer.

Vous y étes, reprit Be-
relie. Il y a de certaines ri-

gueurs dont la negligence attire le mépris. La severité nous sied mieux que la complaisance. Il faut menager l'un & l'autre avec soin. Et c'est l'étude où il faut le plus d'application.

Mais la loy en est reciproque ; les hommes à leur tour doivent aussi se ménager. Leurs défauts sont quelquefois aussi sensibles que les nôtres. Et nous ne leur faisons guere plus de grace, qu'ils nous en font.

Ie ne parle pas poursuivit-elle, de ces défauts, qui paroissent, que l'on ne peut changer, & qui ne dependent pas de nous. Pour ceux-là bien loin de les cacher, il faut les faire bien remarquer, dés le commencement d'une tendresse. On s'y accoûtume. On n'en est plus rebuté dans la suite. Les yeux des Amans se font souvent une habitude, de confondre ces sortes de défauts avec les appas, & de les prendre même pour de veritables charmes. Ie ne parle donc que de ces défauts de manieres & de meurs dont on est coupable. Ce n'est qu'à ceux là qu'il faut veiller. Ils font que l'on ne nous aime plus,

lors même que l'on nous
aime encore. Puis qu'on
nous aime souvent comme
nous étions autrefois &
non pas comme nous som-
mes.

A ce que je vois, dit Ce-
linde, ce n'est pas tout que de
plaire. Il n'est guere plus facile de rétenir un cœur, que
de le prendre. Il est sans
doute bien plus malaisé, repondit Berelie. C'est quelquefois un hazard de toû-
cher un cœur, mais de quelque maniere qu'on le toû-
che c'est toûjours un me-
rite de l'arréter. J'estime
beaucoup plus une beauté,

qui a fceu conferver une
feule conquefte, qu'une autre qui en aura fait mille,
qu'elle aura toutes perdues
l'une aprés l'autre.

Ie ne fçay comme la plus
part des femmes l'enten-
dent, continua t'elle. Elles
regardent le nombre de
leurs Amans plûtôt que la
conftance de celuy qu'elles
aiment. Si elles y penfoient
bien, elles connoîtroient
bien-tôt que rien ne leur
fait tant d'honneur que la
conftance d'un homme de
bon goût. C'eft la chofe du
monde qui doit leur fai-
re autant de plaifir &

les flater d'avantage. Cette qualité leur devient propre. Elle est moins dans leur Amant, qu'en elles mêmes. Le bonheur d'estre côstamment aimées suppose en nous de grandes perfections. La beauté seule ne sçauroit produire cet effet. Elle n'y gâte rien, elle y sert de quelque chose, mais nous voyons tous les jours que l'esprit, la bonne grace, & le merite font dans les cœurs des impressions qui passent le pouvoir des appas & des charmes.

Pour moy, je vous l'avoüe, ajoûta-t'elle. Ie ne

connoy pas trop l'amour,
j'en méprise le pouvoir, &
j'en neglige les charmes.
Mais je comprens bien qu'u-
ne longue constance d'un
Amant honnéte homme &
de bon goût auroit toû-
jours de quoy me flater.
Elle me tiendroit lieu de
merite, & je croirois toûjours en avoir beaucoup sur
cette seule preuve, quand
je ne m'en trouverois nullement d'ailleurs.

C'est un bonheur qui est
reservé à peu de gens, & je
me connoy trop bien pour
y pretendre. Mais encore
une fois, c'est un bonheur

dont je sçaurois bien user
ce me semble. Vous étes
assez politique & assez a-
droite pour reussir en tout
ce que vous entreprendrez,
dit Philemon. Ie ne sçay
si je le suis, repondit Berelie. Mais je sçay bien qu'en
Amour plûtôt qu'en tout
autre chose, il faut estre
l'un & l'autre.

La politique y est tout a
fait necessaire, & la politique des Amans, est un su-
jet de dissertation, que je
voudrois bien qu'un bel
esprit du monde fin & de-
licat voulut traiter. Personne n'a autant de lumiere

que vous , repliqua Philemon , & vous obligeriez
bien de gens de l'entrepren-
dre. Ie le ferois , repondit
elle , au dépens d'eſtre au-
theur , ſi je croyois y reuſſir.

On les avertit que tout
étoit prét pour leur chaſſe,
& ce plaiſir leur fit negli-
ger celuy d'un Entretien ,
qui leur étoit aſſez agreable.

Fin de la premiere Partie.